엘리자베스를
부탁해

엘리자베스를 부탁해

한정영 장편소설

서유재

– 차례

수상한 아르바이트

종표랑 원주랑 얼레리 꼴레리~

진태 똥구녕 칼라 똥구녕, 경언이 빤쓰 일제 빤스!

은하 ♥ 영태

'하! 동네 수준하고는! 낙서 올드한 것 좀 보라지. 무슨 화석을 발견한 기분이랄까. 단체로 조상님들이라도 납시셨나 봄!'

아인은 한숨부터 나왔다.

"아이, 씨……."

아인은 입술을 간질이는 욕설 한 마디를 겨우 목구멍 안으로 쓸어 넣고 대신 침을 퉤, 뱉었다. 그리고 연신 흘러내리는 이마의 땀을 훔치며 계단 위쪽을 쳐다보았다. 이번에는 2층으로 오르는 계단 입구 양쪽 벽에 짓뭉개진 낙서들이 눈에 들어왔다. 볼펜 위에 사인펜, 사인펜 위에 매직펜, 낙서가 낙서를 덮고, 그 위에 엉덩이 두 짝만 달덩이처럼 크게 그려 놓은 그림도 있었다.

"뭐야, 알타미라 동굴이야? 생산과 풍요를 기원하는 것도 아니고."

아인은 한 계단씩 오르면서 중얼거렸다.

하긴 이 동네엔 늘 사람들이 흘러넘쳐서 24시간 나가고 들어왔다. 새벽에는 나이 든 어른들이 도심으로 가는 첫 버스를 타기 위해 서둘렀고, 이른 아침에는 출근하는 젊은 사람들과 중고등학생들이 썰물처럼 빠졌다. 그리고 그들의 꽁무니를 따라 초등학생들이 언덕을 내려갔다. 오후가 되면 포장마차를 하는 사람들이 수레를 끌고 늦은 출근을 서둘렀고, 가는 방향은 다르지만 엄마도 그 시간쯤에 일터로 나갔다. 그즈음 아이들이 돌아오고, 해 질 녘에는 일터로 나간 사람들이 귀가했다. 그리고 엄마는 술 취한 사람들이 비틀거리며 가까스로 제 집을 찾아간 다음, 비로소 동네가 조용해지면 돌아왔다.

그런 걸 보면, 가끔 뉴스에서 인구절벽 운운하곤 해도 이곳은 예외인 것 같았다. 가만, 벽화가 효험을 발휘한 건가? 이참에 전국적으로 출산과 풍요를 기원하는 벽화라도 그려 보게 하는 건 어떨까.

"으흐흐!"

아인은 혼자 상상하며 웃었다. 전국을 저런 그림으로 도배하면 참으로 가관도 아니겠구나 싶었다. 그러나 금방 입꼬리를 내린 건, 계단 꼭대기 오른쪽 벽에서 빨간 글씨를 발견했기 때문이었다.

주민후 탐정사무소

이 선을 따라오시오

-------------→

그건 낙서가 아니었다. A4 용지에 글씨를 써서 붙인 것인데, 혹시나 해서 복도 안쪽을 쳐다보니 거기에도 또 한 장의 A4 용지가 붙어 있었다. 두 번째 종이에는 빨간 화살표만 그어져 있었다.

'하! 이건 또 무슨 콘셉트야? 초딩들 담력 테스트 버전인가?'

아인은 속으로 중얼거렸다. 화살표는 복도 정면의 은색 새시 문을 가리키고 있었고, 그 문 위에는 또 한 장의 A4 용지가 붙어 있었다.

주민후 탐정사무소

고양이를 찾아 드립니다

아인은 그걸 보고는 그만 피식 웃고 말았다. 요즘은 개나 소나 고양이라지! 그런데 왜 하필 고양이야? 그르렁거리는 소리를 내는 것도 싫고, 깔깔한 혓바닥으로 핥아 대는 것도 영 마음에 들지 않는데. 게다가 털은 또 얼마나 빠지는지, 목구멍으로 넘어갈 뻔한 게 어디 한두 번이어야 말이지.

아니, 그게 중요한 게 아니지. 탐정사무소라니? 우리나라에 탐정이란 게 있기는 있는 건가? 그럼 떠돌던 소문이 사실이었던 거야? 동네 아줌마들이 슈퍼 앞에서 모여 수군대던 이야기가 전부 사실이라고?

'심부름센터겠지!'

하지만 그게 더 이상했다. 건물 밖으로는 제대로 된 간판 하나 보이지 않았는데, 뜬금없이 심부름센터라니? 워낙 비밀스러운 일을 하느라 그런 걸까? 아니, 그렇다고 하더라도 안쪽에는 뭔가 한두 줄은 써 있어야 정상 아니야? '떼인 돈을 받아 드립니다'라든지, '은밀한 뒷조사해 드립니다' 따위의 문구라도 적혀 있어야 하는 거 아니냐고. 적어도 그 흔한 전화번호 하나라도 적혀 있어야지. 고급스럽지는 않더라도 허술하나마 간판이라도 그럴듯해야 하는데, 웬걸! '이 선을 따라오세요'라니? 게다가 고양이를 찾아 준다고?

물론 이 동네에 고양이가 많은 건 사실이었다. 언덕 위쪽에는 아무도 관리하지 않는 것 같은 약수터길 겸 산책로가 있었다. 게다가 약수터길 초입에는 떠돌이 고양이가 숨어들 만한 빈집도 여러 채 있었다. 그 주변에는 집 나온 개와 길고양이들이 어슬렁거렸는데, 그것들은 종종 밤낮을 가리지 않고 마을 아래까지 내려와 쓰레기통을 뒤지거나 밤길에 불쑥 나타나 사람들을 놀라게 하기도 했다.

그런데 중요한 건 따로 있었다.

와, 씨! 이런 찌질한 곳에서 알바를 해야 한다고? 홍도 여고 1학년 넘버 투인 내가? 그것도 여름방학 내내?

"크크크큭."

아인은 결국 소리 내 웃었다. 그러면서 엄마 얼굴을 떠올렸다.

'참 나, 허 마스터! 아무리 모녀간에 정 뗀 지 오래됐다고 해도 이건 아니지! 어찌 이런 곳에 나를 보낸 거야? 여기서 무슨 알바를 하라고. 결국 내가 스스로 호적 파고 집 나가는 꼴을 보겠단 건가? 흥! 싫어! 안 해! 절대 못 하지!'

영화 대사 읊조리듯 스스로에게 다짐을 주며 아인은 돌아섰다.

그런데 그때였다. 은색 새시 문이 열리더니 초등학생으로 보이는 아이들 다섯이 그 안에서 우르르 몰려나왔다. 그 바람에 아인은 뒤로 두어 걸음 물러나 벽 쪽으로 붙어 섰다. 그러자 그 중 여자아이 둘이 아인을 힐끔 쳐다보았고, 뒤따라오던 남자아이 하나도 아인을 빤히 쳐다보았다.

아인은 눈싸움이라도 하듯 남자아이를 향해 살짝 눈을 부라렸다. 그러자 아이는 금세 꼬리 내리듯 시선을 돌렸다.

아이들은 계단 입구에 모여 서서 시끄럽게 떠들어 댔다.

"이 까만 고양이만 찾으면 되는 거지?"

"응. 나 이거 저번에 봤는데, 신고할걸. 그럼 그때 돼지바 먹을 수 있는 거였는데."

"또 찾으면 돼."

"그래. 오늘부터 찾아보자! 그런데 우리가 직접 잡을 수 있을까?"

"아니, 신고만 해도 된댔잖아. 그래도 도장 찍어 준댔어."

도무지 알 수 없는 말을 하며 아이들은 복도를 지나 계단 아래로 내려갔다. 저마다 나이에 어울리지 않게 잔뜩 결의에 찬 표정들이 좀 우스웠다.

'어? 그런데 가만…… 여기 뭐지? 탐정사무소가 아니라 아이들 놀이방이야? 초딩들은 딱 질색인데.'

느낌이 좋지 않았다. 그래서 아인은 여전히 들어갈 엄두를 내지 못하고 머뭇거렸다. 그때, 어디선가 바람이 불었다. 그걸 느끼자마자 새시 문이 열렸다.

삐이이익, 텅!

새시 문이 기분 나쁜 소리를 내며 윗벽에 부딪쳤다. 이제 곧 안이 들여다보이겠구나 생각했는데, 누군가 입구를 가리고 서 있었다.

비쩍 마르고 짧은 수염이 지저분하게 나 있는 사십 대 후반의 아저씨였다. 그는 새가 집을 짓고 있기라도 한 듯 이리저리 삐치고 헝클어진 머리를 긁으며 걸어 나와 문손잡이를 잡았다. 얼핏 보았을 때는 낯익은 데가 없지 않았다. 어딘지 모르게 강파르게 보이는 모습이 그러했는데, 눈을 마주하고 있을수록 낯설고 또 낯설었다. 짙은 이마의 주름과 지나치게 거뭇한 얼굴빛, 앙상한 팔뚝, 굽은 허리…….

아인은 주머니에 손을 찔러 넣은 채 이러지도 저러지도 못하고 그 자리에 서 있었다.

"고양이 찾으러 왔니? 언제 잃어버렸는데?"

잠시 머뭇거리던 아저씨는 비음이 잔뜩 섞인 목소리로 물었다.

"아, 아닌데요."

"그럼, 강아지? 아, 참! 혹시 저번에 자전거 잃어버렸다고 찾아달라고 왔던……."

"아니요, 저는…… 알바요. 알바하러 왔어요."

자꾸만 엉뚱한 쪽으로 내빼려는 대화를 아인은 얼른 바로잡았다. 그러자 아저씨가 눈을 가늘게 뜨며 목을 길게 뺐다. 그러더니 눈으로 아인의 위아래를 재빨리 훑고 나서 말했다.

"알바? 알았어. 그럼 들어와서 청소부터 해."

갑자기? 아니, 이렇게 한 방에 훅 들어오면 어쩌란 거지? 시크한 척하는 거야, 아니면 상남자 코스프레야? 딱 반백수처럼 생겨서 웬 허세? 너는 누구이며, 이름은 뭐고, 어디에 사는지, 간단한 호구 조사라도 해야 하는 거 아닌가?

상황을 파악할 수가 없어서 아인은 여전히 그 자리에 서 있었다.

바람이 한 번 더 휘잉 불었다. 문이 삐거덕거리는 소리를 냈고, 반쯤 닫히는 듯하다가 다시 열렸다. 아까처럼 텅, 하는 소리가 났다.

아인은 그때까지도 선뜻 들어갈 엄두를 내지 못했다. 그때, 왼쪽 주머니에서 무언가 만져졌다. 꺼내 보니 라이트 더 웨이트 덱*의 탑 카드였다. 높은 탑 꼭대기에 번개가 내리쳐 불이 나고 또 부서지면서, 양쪽으로 사람 둘이 거꾸로 떨어져 내리는 그림이 그려져 있었다.

'하! 맞다. 하필이면 오늘 엄마 가방에서 훔친 카드가 탑 카드였지.'

탑이 무너지는 건 그리 나쁜 뜻은 아니다. 파괴는 곧 새로운 건설의 시작이므로. 하지만 파괴의 아픔은 있어야 할 것! 그게 탑 카드의 의미였다. 아, 미친! 뽑아도 하필이면…….

그나저나 엄마는 내가 아침마다 카드 한 장씩을 훔쳐 낸다는 걸 알고는 있는 걸까? 물론 밤에 제자리에 되돌려 놓기는

*라이트 더 웨이트는 타로 카드의 여러 종류 중 하나이며, 덱(deck)은 78장으로 구성된 한 세트의 타로 카드를 의미한다.

하지만.

아인은 일단 카드가 일러 준 자신의 운명을 따르기로 했다. 아인은 적군에 투항하듯 새시 문 안으로 들어섰다. 순간 아저씨가 외치듯 말했다.

"뭐 해, 들어오지 않…… 응, 그래. 우선 화장실 청소부터 해."

바둑을 두던 아저씨가 잠시 아인을 쳐다보았다. 그리고 다시 바둑판 쪽으로 고개를 돌렸다. 그 앞에는 머리가 온통 하얗게 센 노인이 마주 앉아 있었는데, 바둑돌을 들고 있는 손이 심하게 떨리고 있었다(아니, 다시 보니 머리도 떨었다). 그 때문에 돌을 들어 바둑판에 놓을 때마다 주변의 바둑돌이 움직였다. 그러면 아저씨가 움직인 바둑돌을 제자리에 놓곤 했다.

"네?"

아인은 뒤늦게 짧게 되물었다.

"걸레는 화장실 안에 있어. 그거 다 하면 유리창도 닦고……."

아저씨는 돌아보지도 않고 말했다.

'헐! 시급도 안 정하고 고용계약서인지 뭔지 하는 것도 안 썼는데, 다짜고짜 청소라고?'

아인은 어리둥절한 표정으로 아저씨를 쳐다보았다. 하지만 아저씨는 그런 건 전혀 안중에 없는 듯 바둑판만 내려다보고 있었다. 별수 없었다. 아인은 한참 동안 그 옆에 서 있다가 화장실로 향했다.

*

누런 때가 잔뜩 낀 세면대, 오른쪽 아래 귀퉁이가 떨어져 나간 거울, 군데군데 타일이 깨진 바닥까지, 도무지 청소를 해야 하는지 공사를 하는 게 맞는 건지 모를 만큼 화장실은 낡고 지저분했다. 한 시간 가까이 쓸고 닦고 문질러 댔지만, 그럼에도 불구하고 무얼 했다는 티는 조금도 나지 않았다. 새 옷에 떡볶이 국물을 쏟았을 때보다 더 허무하달까?

결국 나중에는 시위적거리듯 하다가 말고 유리창을 닦았지만, 결과는 마찬가지였다. 오래전 미용실이었을 때 붙였던 듯한 글자 자국은 아무리 힘을 주어 문질러도 없어지지 않았다. 땀만 삐질삐질 났다.

더 이상 청소하는 게 무의미해 보였다. 아인은 결국 바닥의 휴지를 줍고 대걸레로 한 번 닦은 다음 청소를 멈추었다.

“와, 씨!”

아인은 이마의 땀을 닦아 내면서 대걸레를 화장실 구석에 집어 던졌다.

수돗물을 틀어 얼굴을 씻은 다음, 물기를 닦지도 않고(무슨 화장실에 수건은커녕 화장지도 없었다) 사무실로 돌아왔다. 노인은 보이지 않았고, 깔끔하게 정리된 바둑판만 테이블 위에 놓여 있었다. 노인이 앉았던 소파 너머의 분홍색 칸막이 안쪽에서 아저씨가 부스럭거리는 소리가 들렸다.

아인은 소파 옆에 섰다. 바로 그 위에서 선풍기가 돌아가고 있기 때문이었다. 하지만 크기는 작은데다 속도도 느렸고, 규칙적으로 삑삑거리는 소리가 났다. 도대체 저건 어느 시대의 유물인 걸까?

그래도 십여 분가량 얼굴을 들고 서 있자 물기가 조금은 마른 듯했다. 아인은 분홍색 칸막이 쪽으로 다가갔다.

“청소 다 했는데요?”

아인은 낮은 목소리로 말했다. 그러나 아저씨는 대꾸하지 않았다. 칸막이 안에 처박혀 무얼 하는지 꼼짝도 하지 않았다.

하는 수 없이 아인은 칸막이 앞쪽으로 다가갔다. 보건실의 침대와 침대 사이에 있을 법한 낡은 칸막이는 윗부분 한쪽이 찢어져 있었고, 그 아래에 '소장 주민후'라는 글자가 손글씨로 조그맣게 쓰여 있었다.

'거참, 찌질하기가! 이렇게 깨알 같으면 도대체 어쩌란 거지?'

아인은 입맛을 다시며 슬쩍 칸막이 안으로 고개를 빼꼼 들이밀었다.

"청소 다 했다고요."

목소리가 생각보다 좀 거칠게 나왔다.

"응? 어…… 그래. 그런데 뭘 찾으러 왔다고 했지?"

뭐래? 아르바이트하러 왔다니까, 찾기는 뭘 찾는다고! 정신은 자기 집 장롱 구석에 숨겨 두고 나왔나? 아인은 한마디 쏘아 주고 싶었지만 참았다. 또 사고 치면 엄마가 이번에야말로 두 손 잡고 한강 다리에서 뛰어내리자고 할 테니깐. 그게 아니라 해도 허 마스터의 손끝과 성질 하나는 불타는 닭발보다 매서우니까!

부글부글 끓는 속을 억지로 다독이며, 아인은 아저씨의 눈을 마주 바라보았다. 탁하고 충혈되어 있지만, 어딘지 모르게 깊어서 뭐라 말할 수 없이 고요해 보였다. 이를테면 무슨 사연이 담겨 있달까? 집을 뛰쳐나가기 전 아빠의 눈빛도 가끔 저렇게 고요하곤 했었지, 아마? 하지만 그러거나 말거나 아인은 대꾸하지 않음으로써, '당신의 그 집 나간 멘탈이 돌아오기 전에는 찍소리도 안 할 거니까, 그런 줄 아슈!'라는 뜻을 분명히 전달해 보였다.

"너, 어디서 본…… 아, 맞다! 알바하러 왔다고 했지? 그럼 우선 청소부터……."

처음에는 약간 흔들리는 듯한 눈빛으로 반색하며 묻던 아저씨가 또다시 아까 했던 말을 반복했다. 그래서 아인은 이번에는 단칼에 아저씨의 말끝을 잘랐다.

"했어요. 화장실 청소도 하고, 유리창도 닦았어요. 바닥도 한 번 쓸었고요. 소파도 물걸레로 훔쳤어요."

눈을 똑바로 마주 보고, 한 마디씩 또박또박 뱉어 냈다. 내친김에 거짓말도 하나 끼워 넣었다. 그러자 아저씨는 멍하니 아인을 바라보았다. 그리고 잠시 후 어색하게 웃으며 말했다.

"아, 그래? 그럼 이제 뭐 하지? 뭐 하면 좋을까?"

알바하겠다고 온 사람한테 무엇을 하면 좋을지를 묻다니?

'하! 이 아저씨, 사람 뚜껑 열리게 하는데 소질 있네? 미쳤지, 어쩌자고 내가 여길 제 발로 기어들어 왔을까? 그날, 길거리 한복판에서 돼지 똥구멍 같은 주둥이로 닭다리 뜯어 먹던 영감탱이만 아니었으면 절대로 이런 데는 발걸음조차 안 했을 텐데…… 홍도 여고 넘버 투가 모양 빠지게 알바는 뭐고, 게다가 화장실 청소라니! 학교 담벼락에 기대서 지나는 중딩들 삥이나 뜯던 그 우아한 여신의 모습은 어디 가고? 아니, 중학교 내내 외제 차 타고 등교하던 남자 동창 새끼의 싸대기를 후려갈겨 영화표 셔틀 시키던 걸 크러쉬는 어쩔 건데?'

무엇보다 더 끔찍한 일은 이 어처구니없는 알바가 여름방학 내내 계속될지도 모른다는 것이었다. 더구나 정신이 오락가락하는 이 양반 밑에서.

어이가 없어서 아인은 몇 번이나 고개를 절레절레 저었다.

아저씨는 한참 만에 입을 열었다. 이번에도 빙긋 웃으면서.

"너 고양이 좋아해?"

"아니요. 별로요!"

아인은 아저씨의 질문에 일부러 딱딱하고 차게 대답했다. 제발 그 속마음을 알 수 없는 미소 좀 집어치우라고요! 속으로 그렇게 외치면서 일부러 고개까지 과장되게 저었다.

하지만 그런 아인의 말을 무시하듯 아저씨는 벌떡 일어나 한쪽 벽을 가리키며 말했다.

"이쪽을 봐. 그동안 찾은 고양이들이야!"

아저씨의 눈이 반짝였다. 그가 가리킨 벽에는 흔한 코리안 숏 헤어 두 마리와 페르시안 고양이와 벵갈 고양이의 사진이 붙어 있었다. 아인은 재빨리 그 사진들을 훑어보았다. 그리고 무어라 대꾸를 해야 하나 생각했다. '오구오구, 그러셔쪄요?'라고 해 줘야 하나, 아니면 '아저씨, 좀 짱이심!'이라고 해 줘야 하나.

하지만 무어라 하기도 전에 아저씨가 먼저 입을 열었다.

"이 고양이는 세 살 된 코리안 숏 헤어이고, 이름은 로라. 암컷이야. 의뢰인이 집에서 잃어버렸어. 열어 둔 창문을 통해 뛰어나갔다며 의뢰해 왔지. 삼 일 만에 의뢰인의 집으로부터 백오십여 미터 떨어진 주차장 공터에서 찾았어. 그리고 이 옆의 고양이도 코리안 숏 헤어, 이름은 치토스. 의뢰인은 중학교 1학년 남학생인데, 학교 갔다가 돌아와 보니 없어졌더래. 부모님이 맞벌이라서 매일 오전 여덟 시부터 오후 네 시까지는 집이 비어 항상 문을 닫고 나가는데, 그날따라 부엌 쪽 창문이 열려 있었다더군. 그런데 의외로 이놈은 쉽게 찾았어. 의뢰인이 말하기를 치토스는 유독 햄을 좋아한다더군. 그래서 햄을 집 주변 세 곳에 놓고 기다렸지. 뜻밖에도 일곱 시간 만에 의뢰인의 집 뒤쪽 담장 아래에서 놈을 발견했지. 그리고 이 벵갈 고양이는 무려 일주일이나 걸려 찾았어. 수컷이고 다섯 살. 의뢰인은 누가 훔쳐 갔다고 주장하면서 찾아 달라고 나를 찾아왔지. 그렇지만 의뢰인의 집을 찾아가 이런저런 이야기를 들어 보니 꼭 그렇지만은 않다는 생각이 들었어. 왜냐하면 그 집은 평소에도 대문과 창문을 잘 열어 놓는 집이더라고. 그래서 어쩌면 고양이가 스스로 나갔을지도 모른다고 생각했지……."

이 아저씨가 이제 방언이라도 터진 건가? 브리핑이라도 하듯 아저씨는 단 한 번도 막힘이 없었다. 딴에는 심각해 보였고, '의뢰인'을 반복해서 말할 때마다 명탐정 코난의 아재 버전을 보는 기분이었다. 하지만 아인에게는 오히려 그게 더 어색해 보였다. 이렇게 갑자기 진지하면 어쩌란 거지?

그래서 정신없이 설명하는 아저씨의 말을 끊고 아인이 물었다. 고양이 사진 옆의 도마뱀처럼 생긴 동물 사진을 가리키면서.

"그 옆에 있는 건요?"

"아, 이건 이구아나야. 생후 7개월 된……."

"그럼 여긴 고양이만 찾는 게 아니었어요? 고양이 전문이라면서요?"

"물론 일차적으로는 고양이와 관련된 사건을 해결하지."

"그런데요?"

"음, 보다시피 우리 탐정사무소의 명성이 알려지면서 사건 의뢰가 늘고 있어. 그래서 도의상 거절할 수가 없게 되었지. 나는 탐정의 기본 수칙을 준수하거든."

"탐정의 기본 수칙? 그런 게 있어요?"

아인은 얼결에 되묻고 말았다. 그게 제 발등을 찍는 일인 줄도 모르고.

"탐정 기본 제1수칙, 모든 사건에 평등할 것. 의뢰인의 신분이나 연령, 사건의 위험성 정도에 따라 차별을 두지 않는다. 수칙 2, 의뢰인의 마음을 충분히 헤아릴 것. 아무리 사소한 사고 또는 사건이라도 의뢰인에게는 매우 큰 고통일 수 있음을 알고 진심으로 대한다. 수칙 3, 항상 현장에 있을 것. 모든 사건과 사고는 골든 타임이 중요하므로, 가능한 한 빠른 시간 내에 현장을 방문하여 필요한 조치를 취해야 한다. 수칙 4, 의뢰받은 사건은 그 즉시 나의 사건이라 여길 것. 즉 사건을 의뢰받은 순간부터 컨트롤 타워가 되어 최대한……."

마치 아인이 묻기를 기다렸다는 듯 아저씨는 이번에도 숨 한번 쉬지 않고 읊어 댔다. 정신줄 놓았다는 소문이 무색할 정도로.

아인은 자신도 모르게 고개를 저었다. 아니, 이러면 안 돼요. 이렇게 번번이 훅 들어오면 어쩌라고요. 대체 그게 나랑 무슨 상관인데요? 아인은 속으로 이렇게 말하며 아저씨를 빤히 쳐다보았다. 아저씨는 다섯 번째 수칙까지 모두 떠벌린 후에야 숨을 길게 내쉬었다.

무어라 대꾸할 말을 못 찾은 아인은 잠시 아저씨를 쳐다보다가 시선을 다른 쪽 벽으로 돌렸다. 그쪽에는 더 많은 고양이 사진이 붙어 있었다.

아저씨는 그런 아인의 시선을 따라와 말했다.

"아, 그쪽은 아직 미제 사건들이야."

"미제 사건이요?"

단어 하나 덕분에 탐정놀이가 점점 더 고급 레벨로 옮겨가는 분위기였다. 아인이 얼결에 물은 질문에 아저씨는 기다렸다는 듯 사진이 잔뜩 붙은 벽으로 가까이 다가가 다시 방언을 터트렸다.

"자, 여기를 봐. 이 고양이는 노르웨이숲 고양이야. 생후 17개월 됐지. 의뢰인은 요 아래 짱구네 슈퍼 아줌마야. 고양이를 도난당했다며 우리 사무실에 의뢰해 왔지. 맞아, 이 경우는 도난이 확실해 보여. 아줌마는 늘 고양이에 목줄을 채워 기르고 있었대. 슈퍼를 다니는 사람들도 그렇게 증언했어. 물론 이 고양이는 특별한 종이라 값도 꽤 나가지. 과연 누가 고양이를 가져갔을까? 누군가 고양이를 잘 다룰 줄 아는 사람이야. 그래서 탐문 수사부터 시작했지. 과연 이 마을에서……."

초딩도 할 만한 추리를 늘어놓으며 아저씨는 턱을 괴기도 하고 제자리를 맴돌기도 했다. 검지손가락을 들어 까닥거리기도 했다. 도대체 무슨 드라마를 보고 저런 흉내를 내나 싶었다.

참다못한 아인이 한마디 내질렀다.

"시시티브이 확인해 봤어요?"

"뭐?"

"근처의 시시티브이부터 확인해 봐야죠. 요즘 시시티브이가 얼마나 많은데요, 전봇대에도 매달려 있고. 근처에 주차된 자동차들의 블랙박스도 확인해 보고요. 슈퍼 앞 주차장에는 항상 여러 대의 자동차가 주차되어 있던데…… 슈퍼 주인아저씨 트럭에도 있을 테고요."

"시시티브이라고?"

되묻는 아저씨의 표정이 점점 더 밝아졌다. 아인은 고개를 끄덕였다. 그러자 아저씨는 빼앗긴 나라를 되찾기라도 한 것처럼 활짝 미소를 지으며 말했다.

"아! 맞아. 그러면 되겠구나. 오! 그런 방법이…… 너도 탐정이 될 소질이 좀 있는데?"

아니, 이건 또 무슨 소리인 거지.

너무 어이가 없어서 대꾸도 하지 못하고 있는데, 아저씨가 반색하며 물었다.

"이름이 뭐랬지?"

"이름 안 물어보셨거든요? 아인이에요."

"아, 그랬어? 아인? 어디서 들던 이름인데? 혹시 나한테 고양이 찾아 달라고 의뢰하러 온 적 없었어?"

"아니요."

"그래? 아무튼 잘 왔어. 알바하러 왔다고 했지? 이제부터 넌 내 조수야. 알았지?"

"……."

"음, 청소는 했지? 그럼 이제 뭐 하지?"

하, 거참! 그걸 왜 자꾸 나한테 묻느냐고요! 아인은 얼결에 소리를 지를 뻔했다. 물론 겨우 참아 넘기긴 했지만 생각할수록 어이가 없었다.

순간 아인의 목구멍에서 바람 빠진 공처럼 피식피식 웃음이 새어 나오기 시작했다.

"크크크크크큭!"

도무지 웃음이 그쳐지질 않았다. 아인은 생각했다.

'이 아저씨, 틀림없이 뇌에 주름이 없을 거야. 확실해!'

그리 생각하니 더 웃음이 났다.

잠깐 동안 아인의 모습을 멍하니 바라보던 아저씨도 따라서 웃었다. 그런 아저씨를 보니 더 웃음이 났다.

아인은 아저씨와 함께 한참을 웃었다. 웃다가 허리가 아파서 나중에는 타일이 부서진 바닥에 주저앉기까지 했다. 그렇게 한참이 지난 후 가까스로 웃음이 멈췄을 때, 아인은 스스로에게 말했다.

"미친년!"

눈물의 탐정사무소

"그러니까 내가 이 알바를 꼭 해야 한다는 거지?"

아인은 식탁에 앉아 열무를 다듬고 있는 엄마에게 물었다. 하지만 엄마는 눈길 한번 주지 않고 작은 칼로 열무 꼭지를 똑똑 끊어 내기만 했다.

그래서 아인은 다시 물었다.

"내가 사고 친 거 때문이라면 다른 알바를 해서 갚으면 되잖아. 왜 꼭 거기서 알바를 해야 하냐고, 응? 도대체 합의 보는 데 얼마나 들었길래? 한 백만 원 돼? 그 돼지……."

"삼백삼십."

엄마가 아인의 말을 딱 끊고 짧게 말했다. 아인은 잠깐 주춤했다. 엄마가 과장되게 말하는 것 같지는 않았다. 십만 원 단위까지 정확하게 끊어 말하는 것도 그렇고, 평소에도 계산만큼은 똑 부러지게 하는 사람이 바로 엄마였으므로.

하지만 생각할수록 기가 찼다.

“뭐? 아니, 내가 먼저 시비를 건 것도 아니고, 삼백삼십이 뭐야? 무슨 쌍알이라도 터진 거야?”

순간 엄마가 손놀림을 멈추고 이쪽을 쳐다보았다. 아인은 흡, 소리를 내며 입을 다물었다. 그러자 잠시 아인을 쳐다보던 엄마는 다시 열무를 다듬기 시작했다.

하지만 아인은 잠시 기다렸다가 최후의 일격을 날리듯 다시 한번 물었다. 그러자 엄마의 열무 다듬는 손길이 점점 빠르고 거칠어졌다. 그것은 엄마의 분노 게이지가 조금씩 상승하고 있다는 뜻이었다. 조심해야 했다. 하지만 아인도 자꾸만 치솟는 짜증이 조절되지 않았다. 그래서 한번 더 투정 부리듯 말했다.

“아, 씨! 거기 좀 이상해. 탐정사무소라니, 그게 말이 된다고 생각해? 왜 하필 거기냐고, 응? 남들이 손가락질하고 쑤군대고…… 쪽팔린단 말이야.”

순간 엄마가 다시 손놀림을 멈추더니 열무를 다듬던 칼을 들어 식탁 바닥에 탁, 내려놓았다. 아인은 자신도 모르게 뒤로 움찍 물러났다. 그 바람에 식탁 의자가 끌리며 소리를 냈다.

"아, 알았어, 알았다고. 아, 씨, 더운데…… 편의점 알바하면 에어컨이라도 있지."

아인은 구시렁대면서 일어났다. 그리고 현관문 쪽으로 걸어가 신발을 신었다. 그러면서 깐족거리듯 또 한마디 했다.

"허 마스터? 나 싫어하지?"

그러자 엄마는, 이번에는 열무 꼭지를 한 움큼 집어 아인 쪽으로 던졌다. 하나는 등에 와서 맞았고, 하나는 종아리를 비껴갔다. 그리고 하나는 막 고개를 돌리던 아인의 이마를 정통으로 맞혔다.

"깔깔깔!"

엄마는 정말로 유쾌하게 웃었다. 정말 저럴 때 보면 계모가 틀림없다는 생각이 들었다. 훤한 이마, 약간 위로 치솟은 눈매가 닮지만 않았어도 친자 소송 들어가는 건데. 아인은 발뒤꿈치를 신발 속에 밀어 넣고 현관문을 열었다. 그리고 얼른 밖으로 나왔다.

하지만 문을 채 닫기도 전에 엄마의 목소리가 다시 날아왔다.

"카드 놓고 가라."

아인은 다시 문을 열었다. 그리고 주머니에 넣어 두었던 카드 한 장을 꺼냈다. 빨간 바지를 입은 젊은 남자가 좌우로 뻗은 나뭇가지에 한 발을 묶고 거꾸로 매달린 모양의 카드였다. 물론 남자의 표정은 그다지 힘들어 보이지 않았다. 심지어 머리 주변에서는 후광까지 비치고 있었다.

아침에 뽑은 카드의 뜻을 찾기 위해 아인은 엄마가 보던 책을 뒤적거렸다. 거기에서 아인은 '이 남자는 스스로 원해서 묶여 있는 것인지도 모른다'는 문장을 발견했다. 더하여 그 아래에, '이따금 자신을 탐구하여 더 깊은 가치에 대해 인식하라는 메시지로도 읽는다'는 구절도 눈에 들어왔다. 그때 아인은 '뭐래?' 하면서 입가에 고인 쓴 침을 삼켰다.

아인은 카드를 신발장 위에 올려놓았다. 그러자 엄마가 일어나 현관 쪽으로 다가오면서 말했다.

"'거꾸로 매달린 남자(The Hanged Man)'는 불가피한 모험을 뜻하는 카드야. 그게 네 오늘의 일진이니까 찍소리하지 마."

"헐! 남들이 들으면 무슨 대단한 마스터인 줄 알겠네."

"아니면? 단골도 얼마나 많은데?"

"그러니까 내가 신기하다는 거야. 손님들은 엄마가 77장짜리 덱으로 리딩*하는 것도 모르지?"

"야! 그건 네가 매일 카드를 한 장씩 훔쳐 가는 걸 몰랐으니까 그런 거 아니야."

"그러니까 허 마스터가 용하다는 거야. 짱 드셈!"

그렇게 말하며 아인은 엄지손가락을 들어 보였다. 그러자 엄마가 한 손을 추켜올렸다. 아인은 재빨리 문을 열고 밖으로 뛰어나갔다.

누가 뭐래도 그건 미스터리 맞다.

엄마는 아빠가 언니를 찾겠다며 직장을 그만둔 뒤부터 한동안 보험설계사를 했고, 우유를 배달했고, 식당 아르바이트를 했다. 그러다가 어느 날, 집에서 굴러다니던 타로 카드를 집어 들었다. 언니가 유독 아꼈던 카드였다. 처음에는 그게 원래 언니 것이라서 엄마가 간직하려는 줄 알았다.

사실 아인이 아침마다 버릇처럼 한 장의 카드를 뽑아 그날의 운을 점쳐 보는 버릇도 언니 때문에 생긴 거였다. 언니는 그것으로 이따금 잘 맞지도 않는 운수를 보아 주곤 했었다. 그때는 '그 짓'이 싫었다. 물론 언니에 대한 모든 게 싫긴 했지만, 유독 '그 짓'은 더욱 견딜 수가 없었다.

*손님이 선택한 카드를 해석해 주는 것을 리딩이라고 말한다.

애들 패고 삥 뜯는 것도 모자라 이제 별 미친 짓을 다 한다 싶었다. 그래서 노골적으로 싫은 티를 냈다. 그런데 언니가 죽고 유일하게 남은 게 하필 그 카드라니.

한동안은 카드가 남아 있는지도 몰랐다. 그러다가 아인은 자신의 책상 서랍 안쪽 구석에서 그것을 발견했다. 언니가 숨겨 두었다가 잊은 것이라 생각했다. 엄마도 언니가 새끼 점쟁이 노릇을 하고 다니는 걸 그다지 좋아하지 않았으니까. 어쨌든 카드를 발견하자마자 아인은 곧바로 책상 아래 휴지통에 버렸다. 하지만 한동안 휴지통을 비우지 않는 바람에 그것은 며칠 동안 그대로 거기에 놓여 있었다. 그리고 마침내 꽉 찬 쓰레기를 비우기 위해 휴지통을 거꾸로 기울였을 때, 카드만 쓰레기봉투에서 튕겨 나와 바닥에 뒹굴었다. 마치 절대로 버려지지 않기 위해 발버둥 치는 듯이.

그 모습을 본 아인이 혼자 중얼거렸다.

언니, 아직 떠나기 싫은 거야? 이젠 내 자리도 있어야지.

그 말을 해 놓고 아인은 깜짝 놀랐다. 그래서 저 혼자 얼굴이 붉어졌고, 그러고 난 뒤에는 화가 났다.

아인은 카드 뭉치를 방구석에 집어 던지고 방을 나가 버렸다. 그런데 어느 날부터인가 그것이 엄마 손에 들려 있었다.

그랬다. 엄마는 점쟁이였고, 타로 마스터였다. 한동안 스스로 걷어치웠던 점쟁이 일을 다시 시작한 거였다. 인사동 골목에 번듯한(?) 컨테이너 박스로 만든 타로 하우스까지 냈다. 아빠가 완전히 집을 나가 버린 무렵이었다.

엄마는 한동안 주로 언니가 남긴 덱을 사용했다. 라이트 더 웨이트 덱이었는데, 그것은 닳고 닳아 카드마다 귀퉁이가 해져 있었고, 접히거나 구겨진 것들도 있었다. 새 덱을 사 모으면서도 일을 나갈 때는 항상 라이트 더 웨이트 덱이었다. 물론 요즘은 날마다 이유를 붙여 가며 각각 다른 덱을 사용하곤 했는데, 그건 아마도 새 덱을 익히기 위해서인 듯했다.

어쨌거나 언니 때문에 오랫동안 버린 직업을 엄마는 스스로 되찾았다.

'엄마는 도대체 무슨 생각으로……?'

처음엔 그 생각뿐이었다. 하지만 그 다음엔 '그런데 왜 하필 타로야? 언니 때문에?'라는 생각에 이르렀다. 그러자 화가 났다.

'그러면 내 자리는? 네가 없는데도 내 자리는 없는 거니?'

정말 그러기 싫었지만, 그럴수록 자꾸 언니의 얼굴이 생각났다. 그 때문에 열댓 번은 더 고개를 가로저어야 했다. 머리카락이 얼굴을 때리고 눈을 찔러 아플 때까지, 아주 세차게.

아인은 정신을 차리라고 자신을 다독였다. 심호흡을 한 다음, 다리에 힘을 주고 걸었다. 그러자 다행스럽게도 머릿속에 스며들려던 언니의 생각이 가까스로 물러갔다.

'그나저나 뭐라고? 불가피한 모험이라고? 뭐야, 악담도 아니고!'

투덜거리면서 아인은 녹슨 철문을 밀고 밖으로 나왔다.

야트막한 언덕 아래쪽 길바닥에, 낡은 지붕들 위에, 금이 가고 빛바랜 담벼락까지 뜨거운 햇살이 쏟아졌다. 아니, 그걸 확인하기도 전에 뜨거운 열기가 온몸에 훅 끼쳐 왔다.

아인은 공연히 땅바닥의 돌을 걷어찼다. 돌이 데구루루 굴러 벽돌 대신 판자로 세워 놓은 옆집 담장을 때렸다. 퍽! 하는 소리와 함께 그 뒤에서 무언가 후닥닥 도망가는 소리가 들렸다.

잠시 후 담장 뒤에서 다시 한번 바스락거리는 소리가 들리더니, 판자와 판자의 이음새를 비집고 무언가가 기어 나왔다. 잿빛이 도는, 그러나 윤기는 없는 까만 고양이였다. 다만 보는 각도에 따라 잿빛이 설핏 보였다. 아, 러시안 블루? 잠시 쳐다보니 걷는 모양이 조금 이상했다. 녀석은 앞다리 하나를 살짝 절고 있었다. 하지만 절뚝이며 걷는 것에 익숙한 듯 아주 빠른 동작으로 담을 타고 위로 오르더니 빨간 지붕으로 올라갔다.

그런 다음 지붕 끝에 서서 뒤를 돌아보았다.

낯이 익었다. 아니, 솔직히 얼굴을 알아보기에는 좀 먼 거리여서 확실히는 알 수 없었다. 다만 느낌이 강하달까? 자꾸 눈길이 갔다. 그래서 아인은 몇 걸음을 녀석이 있는 쪽으로 내디뎠다. 그러자 고양이는 기다렸다는 듯이 담장을 기어오르더니 반대편으로 사라져 버렸다.

"쳇!"

아인은 공연히 놀림당한 것 같은 기분이 들었다.

아인은 다시 한번 맨땅을 걷어차면서 걸음을 옮겼다. 완만한 내리막길인데도 속도를 내지 않았다. 물론 탐정사무소에 가기 싫어서였다. 서두르지 않았다. 공연히 운동화 끈을 고쳐 맸고, 바짝 말라 죽은 해바라기를 배경으로 셀카를 네 장이나 찍었다. 윤자에게 뭐 하냐며 메시지를 보내기도 했다.

그러는 사이 어느새 턱이 낮은 열여섯 개의 계단을 모두 내려왔다. 그러자 평평하게 이어진 길 끝에 약간 오른쪽으로 휘우듬한 골목 사거리가 보였다. 그 사거리 왼편 모퉁이에 허름한 2층짜리 건물이 있는데, 1층은 철물점이고, 2층이 바로 탐정사무소였다. 옛날에는 중국집이었다가 당구장, 학원, 미용실이 차례로 거쳐 간 곳이었다.

사거리 왼편 모퉁이에 이르자, 아인은 잠시 걸음을 멈추고 탐정사무소 대각선 맞은편의 짱구네 슈퍼를 쳐다보았다. 슈퍼 앞 파라솔 아래 나이 든 아줌마들 서넛이 앉아 있었다. 아인은 그곳을 지나가고 싶지 않았다. 브로콜리 머리를 한 아줌마들이 또 무어라 뒷말을 할지 알 수 없었으므로. 지나가는 건, 그게 뒹구는 낙엽이라도, 약속이라도 한 듯 잘근잘근 씹어 대는 게 그 아줌마들의 일이었으니까.

아인이 지나가도 그럴 거였다. 쟤가 누구지? 학교는 안 가나? 방학이잖어? 그런데 저길 왜 자꾸 들어가는 거여…… 등등의 말들.

하긴 탐정사무소 아저씨에 대한 소문을 들은 것도 저 브로콜리 아줌마들에게서였다.

거, 주 씨네 아직도 정신이 안 돌아온 게야?

돌아오기는커녕, 저기에 무슨 사무실을 냈댜. 뭘 찾아 주고 그러는 거랴.

찾긴 개뿔, 애들하고 괭이 새끼랑 강생이 쫓아다니고 그라든데……. 하긴 오죽하믄 그러겠냐고. 딸내미 사고 난 뒤로 내내 저러고 있으니, 쯧쯧!

에이, 그래도 그건 아니제. 이 동네 사고 난 사람이 한둘이

여? 산 사람은 살아야제.

전국 각지에서 올라온 사람들이 뿌리내린 곳이라 그런지, 출처를 알 수 없는 사투리도 제각각이었다. 어쨌거나 그 말들은 틀리지 않았다. 브로콜리 아줌마들의 말대로 아저씬 어떤 때는 고양이를 찾는다며 남의 집 지붕 위를 뛰어다니거나 시궁창 앞에 두 시간 동안 숨어 있기도 했다. 윗동네와 아랫동네를 오가며 정신없이 뛰어다니는 것도 몇 번 보았다.

아인은 곧 등 뒤에서 들려올 목소리를 생각하며 얼른 짱구네 슈퍼 앞을 지나갔다. 물론 지나가면서 브로콜리 아줌마들한테 가볍게 인사하는 것도 잊지 않았다. 다만 수군대는 소리가 들리기 전에 빠르게 탐정사무소 건물 안으로 들어갔다.

*

"하, 거참!"

아인은 자신도 모르게 중얼거렸다. 그리고 알타미라 동굴 같은 건물 계단을 올랐다. 무슨 일인지 탐정사무소의 문은 활짝 열려 있었다.

"아무리 대낮이고 훔쳐 갈 게 없다지만……."

아인은 혼자 중얼거렸다.

그런데 막 열린 문 안으로 들어서려는데 비명 소리가 들렸다.

"아아아악! 으어억!"

아인은 자신도 모르게 옴찔하며 그 자리에 우뚝 멈추어 섰다. 비명이 날카롭고 섬뜩했기 때문이기도 했고, 무엇보다 낯익은 소리라서 더욱 그랬다. 목소리의 주인공이 누구인지 깨닫는 순간, 다리가 후들거렸다.

잠시 후 비명은 그쳤지만, 이번에는 신음 소리가 들렸다.

"어으으으, 으으으으."

그것은 간절한 절규 같았다. 아인은 소름이 돋았다. 여전히 움직일 수가 없었다. 젠장, 어쩐지 입구부터 어둡고 퀴퀴한 게 납량특집 같더니만.

다행히 소리는 곧 잦아들었다. 그러고 나서 길게 숨을 내쉬는 소리가 들렸다. 조금 더 시간이 지나자 아무 소리도 들리지 않았다. 하지만 그게 더 오싹했다. 흔한 공포 영화에서도 비명 뒤의 침묵이 더 으스스한 것처럼.

아인은 주먹을 꼭 쥐었다. 어느새 손바닥에 땀이 흥건했다. 그런 채로 아인은 찬찬히 걸음을 옮겼다. 소파 곁을 지나 칸막이 옆으로 다가가 고개를 들이밀었다. 아인은 다시 한번 헉, 소리를 내야 했다.

아저씨가 간이침대 위에 일어나 앉아 있었다. 이쪽으로 고개를 돌리고 있었는데, 초점을 잃은 눈이 퀭했다. 들피진 사람처럼 얼굴은 땀으로 번들거렸고, 머리칼은 온통 헝클어져 있었다. 지옥에라도 다녀온 모습이 저럴까 싶었다. 얼마 전 영화에서 본 좀비가 생각났다. 그 바람에 숨이 딱 멎고 말았다. 연이어 아저씨가 이빨을 드러내며 달려드는 상상이 스쳤기 때문이었다.

하지만 아인은 곧바로 고개를 저었다.

'이런 싸구려 상상력 같으니라고!'

아인은 얼른 자신을 다독였다. 도대체 무슨 일이 있었던 걸까? 아저씨가 나쁜 꿈을 꾸고 일어난 것이라 짐작은 되었다. 아인은 침을 꼴깍 삼킨 다음 아저씨에게 조심스레 물었다.

"괘, 괜찮으세요?"

하지만 아저씨는 대꾸하지 않았다.

"무, 물……."

아저씨가 중얼거렸다. 그 말에 아인은 주변을 두리번거렸다. 하지만 물컵이나 주전자는 보이지 않았다. 아인은 재빨리 간이침대 옆에 있는 키 낮은 냉장고를 열었다. 하지만 냉장고 안에는 플라스틱 반찬통 몇 개뿐, 물은 없었다.

아인은 화장실로 달려갔다. 세면대 위에 양치 컵이 보였다. 급한 대로 얼른 수도를 틀어 물을 받은 다음, 아저씨에게 달려갔다.

"여기요, 물……."

"으응?"

양치 컵을 들이밀자, 비로소 아저씨가 아인을 올려다보았다. 하지만 선뜻 컵을 받지는 않았다.

"물 달라면서요?"

"내, 내가?"

"네. 방금 전에요."

"아, 아니야. 그게 아니라, 꿈에…… 무, 물에 빠졌어."

"……?"

아인은 더듬거리는 아저씨를 내려다보았다. 하지만 아저씨는 더 이상 말을 하지 못하고 걸터앉았던 간이침대에서 일어났다.

"낮잠을 주무신 거예요? 악몽 꾸신 거지요?"

"그, 그랬나? 아무튼……."

더듬거리다가 뒷말을 흐리며 아저씨는 일어났다. 그런 채로 가만히 서 있다가 마치 오한이라도 온 듯 몸을 부르르 떨었다. 그러더니 반복해서 고개를 가로젓고, 입술을 깨물었다. 이어 벽 쪽으로 몸을 돌렸다.

아저씨는 잠깐 동안 어깨를 들썩였다. 뭐야, 우는 거야? 아인은 지금 눈앞에서 펼쳐지고 있는 상황이 이해가 되지 않아서 초조하게 아저씨의 뒷모습만 쳐다보았다.

꽤 시간이 지난 뒤에야 아저씨는 주먹을 꼭 쥐고 돌아서서 창 쪽으로 걸어갔다. 창문을 벌컥 열어젖힌 아저씨는 몇 번 심호흡을 했다. 아인은 뭘 해야 할지 몰라서 그냥 가만히 서 있기만 했다. 땀에 절어서 누렇게 색이 바랜 아저씨의 셔츠를 쳐다보면서 침을 꿀꺽 삼켰다.

그렇게 얼마나 서 있었던 걸까, 아저씨가 소리를 쳤다.

"어? 저, 저…… 아버지!"

창밖으로 무언가가 지나가는 것을 본 모양이었다. 그런데 아버지라니? 무얼까 싶어서 아인은 얼른 아저씨 옆으로 다가갔다. 그리고 창밖을 내다보았다. 길 아래쪽의 큰길 방향으로, 머리가 하얗게 센 할아버지가 터벅터벅 걸어 내려가고 있었다.

아무리 불러도 반응이 없자, 아저씨는 재빨리 화장실로 달려가 얼굴을 씻고 나왔다. 그러고는 아인이 보든 말든 윗옷을 훌렁 벗더니, 간이침대 한쪽에 개켜 있던 초록색 셔츠로 갈아입었다.

"나 좀 나갔다가 올게. 청소 좀 해 놓고……."

그러더니 아저씨는 휑하니 나가 버렸다.

아인은 고개를 갸웃거리며 아저씨가 사라진 문 쪽을 쳐다보았다.

이 갑작스러운 전개는 또 뭐지? 방금 전까지 저승 문턱에라도 다녀온 듯한 모습이더니……. 도무지 한순간 한순간이 예측이 안 되네. 아인은 제풀로 인상을 찌푸렸다.

그런데 또 청소를 하라고? 무슨 놈의 탐정사무소가 시키는 일이라고는 청소밖에 없는 거야?

*

아인은 화장실 옆에 세워진 빗자루와 쓰레받기를 들었다. 하지만 건성으로 몇 번 쓱쓱 비질을 하고 다시 내팽개쳐 버리고는 소파로 걸어가 털썩 주저앉았다. 아니, 처음에는 벌렁 누웠다가 오래된 먼지 냄새가 나서 다시 일어나 앉았다. 그러고는 테이블 위에 놓인 신문을 공연히 뒤적거렸다.

열대야 계속, 최저 시급, 특검, 특별법, 조사위 제2기…… 그런 제목들을 훑어갔다. 그러다가 어느 면에서 수염이 덥수룩하게 막 자란 남자가 지쳐서 비스듬히 누워 있는 사진을 발견했다. 어디선가 본 듯한 얼굴이었다.

반사적으로 고개를 갸웃거리는데, 사진 위의 큼지막한 제목 글자가 눈에 들어왔다.

'특별법 개정 촉구를 위한 릴레이 단식'

아! 아인은 금세 고개를 끄덕였다. 얼마 전, 시내 광장에서 보았던 한 장면이었다. 그때 생각에 또다시 부아가 치밀어 오른 아인은 신문을 집어 던졌다. 그리고 다시 소파에 벌렁 드러누웠다.

"나쁜 새끼!"

아인은 다시 한번 주위를 훑어보았다. 이번에는 아저씨가 설명해 주었던 고양이 사진들을 하나씩 살펴보았다. 새삼 고양이도 종류가 참 많구나 싶었다. 물론 고양이 사진만 있는 건 아니었다. '고양이와의 의사소통 방법'이란 제목의 기사를 오려서 붙여 놓기도 했고, '고양이가 싫어하는 행동들'이란 제목으로 직접 메모지에 써서 붙여 놓은 것도 있었다.

그다음 시선이 옮겨 간 곳은 아저씨의 책상 바로 앞을 차지

하고 있는 고양이 사진이었다. 약간 잿빛이 도는 검은 고양이였는데, 귀가 쫑긋했고, 유독 눈이 빛났다. 그 고양이만은 다른 고양이와는 달리 옆모습 사진도 몇 장 붙어 있었고, 얼굴만 확대해 놓은 사진도 있었다.

'어? 이 고양이, 어디서 봤는데?'

아인은 고개를 갸웃거렸다. 그러다가 아까 집에서 내려오면서 보았던 고양이를 떠올렸다. 빨간 지붕 위를 타고 넘어가던 절름발이 고양이!

그런데 더 이상한 것은, 빨간색 펜으로 동그라미를 그려 놓았다는 거다. 아인은 자신도 모르게 손을 가져가 고양이 사진을 한 번 어루만졌다. 그리고 바로 옆에 붙여 놓은 커다란 종이로 시선을 옮겼다. 그건 지도였다. 가만히 들여다보니, 부동산 소개소 같은 곳에 붙어 있는 이 동네의 상세 지도인 듯했다. 지도 곳곳에는 열두 개의 빨간 별들이 그려져 있었고, 각각 나란히 숫자가 표시되어 있었다.

① 2017-11-12 ② 2017-12-03 ③ 2018-01-09……

아무래도 원의 숫자는 순서인 듯했고, 그 옆의 숫자는 날짜를 뜻하는 것 같았다. 4, 7, 8번만 빼고 나머지 별들은 한쪽에 몰려 있었다. 그 한쪽에 몰린 별들에는 커다란 파란색 동그라미가 그려져 있었고, A-7이라고 적혀 있었다. 지도 오른쪽 아래에는 D-5, 왼쪽 아래에는 E-4와 A-9가 적혀 있었는데, 그곳에는 모두 빨간 별들이 한두 개씩밖에 없었다.

그런데 더 자세히 들여다보던 아인은 고개를 갸웃거렸다.

'우리 집에서 그리 멀지 않은 곳인데…… 뭘 표시한 걸까?'

아인은 자신도 모르게 고개를 갸웃거리며 이쪽저쪽을 번갈아 살폈다.

그때, 주머니에 넣어 두었던 휴대전화가 부르르 떨었다. 얼른 꺼내 보니 윤자의 문자였다.

선자 언니가 돈이 좀 필요하대.

아인은 피식, 웃었다. 나한테 돈 맡겼냐? 아인은 답신을 하지 않고 휴대전화를 주머니에 넣었다. 그러자 다시 휴대전화가 떨었다. 또 윤자였다.

내일까지 십만 원 정도. 네가 육만 원만 준비해 줘. 나한테는 당장 쓸 돈 빼고 사만 원 있어. 지난번엔 내가 오만 원 준비했으니까, 이번에는……

"아 , 씨! 내가 니들 은행이냐고!"

주먹이 부르르 떨렸다. 어쩌자고 내가 저런 것들과 얽혀서……. 생각할수록 짜증이 났다. 따지고 보면 이것도 언니 때문이었다.

그날 아인은 친구 하나를 잃었고, 괴물 하나를 얻었다.

윤자가 원흉이었다. 이름도 무슨 춘향전의 방자 여동생 같은 게, 다른 친구들이 말리지만 않았어도 쌍수로 쳐올린 눈꺼풀을 확 닫아 버리는 거였는데.

지난겨울, 친구들 몇이 여행을 가자는 말이 나왔다. 강릉이 어떻고, 여수가 어떻고 하는 말들이 오갔다. 거기에 윤자가 있었다. 당연히 문제는 돈이었다. 무슨 간이 그리도 큰지 십만 원씩 내서 펜션을 빌리자는 둥, 아예 2박 3일로 가자는 둥 별별 이야기가 다 나왔다. 배짱이 커질수록 돈이 더 많이 필요했고, 결국 아인은 부담스러워서 빠지겠다고 했다.

그랬더니 윤자가 유난 떨지 말라고 했다. 정말 돈이 없다고 했더니 분위기 깨지 말라며 비아냥거렸다. 엄마에게 손 벌리기 싫다고 했더니 이번엔 착한 척하지 말라고 했다. 말이 심하다고 받아치면서 정 그렇다면 이번 달부터 알바를 할 예정이니 다음 달에 가자고 했다. 그때 윤자가 말했다.

너희 언니 사망 보상금 많이 받지 않았어?

그 말에 아인은 눈이 뒤집어져 윤자의 싸대기를 후려쳤다. 윤자는 넘어졌고, 아인은 일어나기 전에 머리끄덩이를 잡았다. 그리고 말했다. 내가 우리 언니 그딴 식으로 입에 담지 말라고 했지? 한번 더 말해 봐!

그러자 윤자는 틀린 말 했느냐며 눈을 까뒤집고 씩씩댔다. 아인은 사정없이 주먹이고 손바닥이고 휘둘렀다. 한참 그러고 보니 윤자의 코와 입에서 피가 쏟아지고 있었다.

피를 봤으니 그것으로 끝날 줄 알았다. 솔직히 윤자랑 그걸로 인연 끊으면 되는 거라고 쉽게 생각했다. 그런데 그날 저녁, 윤자가 선자 언니를 데려왔다. 윤자가 브레이브 걸스라는 선자 언니가 짱인 패거리에 들어간 지 얼마 되지 않는다는 걸 나중에야 알았다.

처음엔 이름 꼴을 보고 아주 어이가 없었다. 무슨 일제 강점기 때 집 나온 자매도 아니고. 맞다. 좀 만만히 본 탓도 있다. 뜻밖에도 선자 언니는 자초지종을 들어 보더니, 윤자를 쳐다보며 '네가 잘못했네!'라고 말했다. 그러고는 아인에게 '너도 이제부터 브레이브 걸스 하는 거다. 알았지?' 했다. 그때는 쳐맞기 싫어서 고개를 끄덕였는데, 나중에 알고 보니 그 대가가 돈이었다.

처음에는 일이만 원씩 정기적으로 삥을 뜯더니, 이제는 십만 원은 우습지도 않게 여겼다.

아인은 한참 동안 선 채로 들끓는 속을 가라앉혔다. 그리고 자신도 모르게 아저씨의 책상 서랍을 열었다. 가운데 서랍에는 고양이 사진들과 빈 노트와 칼, 가위 같은 것들이 어지럽게 널려 있었다. 무슨 드라이버와 못 같은 것도 한쪽 옆에 굴러다녔다. 오래된 듯한 지갑도 있었다. 순간 아인은 내가 지금 뭐 하는 건가 싶었다. 이젠 좀도둑질까지 해야 하는 거야? 그러면서도 아인은 지갑을 열었다. 하지만 지갑 속에는 그 흔한 천 원짜리 한 장조차 보이지 않았다. 큰길가에 있는 슈퍼마켓 할인 쿠폰 두 장이 전부였다.

미친!

아인은 가운데 서랍을 닫고 옆쪽의 서랍을 열었다. 그러자 초코파이 상자만 한 노란색 상자가 눈에 띄었다. 아인은 무심코 상자를 열었다. 시중 커피숍에서 크리스마스 기념으로 판매한 다이어리와 몇 권의 노트와 캐릭터 인형, 고등학교 2학년 국어 교과서가 들어 있었다. 그리고 오른쪽 옆 빈틈에 여자아이 머리핀 두 개가 눈에 띄었다. 하나는 뒷머리를 묶는 파란색 나비 모양 머리핀이었고, 나머지 하나는 그것보다 작은, 옆머리를 고정시키는 빨간색 머리핀이었다. 어디선가 본 듯도 했다. 하긴 길거리에서 쉽게 눈에 띌 만한 머리핀이긴 했다.

아인은 머리핀을 들었다가 내려놓고, 이번에는 제일 위에 놓여 있는 초콜릿 색깔의 다이어리를 집어 들었다. 표지에 캐릭터와 하트 스티커가 어지럽게 붙어 있었다. 그런데 페이지를 펼치기도 전에 그 사이에서 사진이 한 장 툭 떨어졌다.

아주 오래된 사진이었다. 여자아이였는데, 머리를 양쪽으로 땋아 내린 모습이었다. 잠시 고개를 갸웃거리던 아인은 사진을 다이어리 사이에 다시 넣고, 첫 페이지를 펼쳤다. 하지만 무얼 읽기도 전에 상자의 오른쪽 위 구석에 있는 휴대전화가 눈에 띄었다. 지금은 단종된 기종이었는데, 비닐 지퍼백에 넣어져 있었다.

'뭐야, 이거?'

아인은 중얼거리면서 지퍼백을 열었어 꺼내 보았다. 귀퉁이는 까지고, 이어폰 구멍에 누런 흙먼지가 끼어 있었다.

혹시나 하는 생각에 왼쪽 옆의 전원 버튼을 눌렀다. 뜻밖에도 부팅이 되기 시작했다.

그런데 그때였다. 바깥에서 기척이 들렸다. 누군가 느리게 계단을 올라오는 소리였다. 아인은 재빨리 휴대전화를 상자에 다시 넣고 서랍을 닫았다. 그리고 칸막이 바깥으로 나갔다. 그러자 막 사무실로 들어서는 아저씨의 모습이 눈에 띄었다.

그런데 혼자가 아니었다. 백발이 성성한 노인을 업고서 사무실 안으로 들어서는데, 모양새가 가관이었다. 얼굴이 새빨개진 채 땀으로 뒤범벅이었으며, 헐렁한 티셔츠도 흠뻑 젖어 있었다.

아저씨는 후들거리는 다리를 겨우 움직여 노인을 소파에 앉혔다. 꽤 힘들었던지, 그러고 나서도 바닥에 무릎을 꿇은 채 한참 숨을 몰아쉬다가 일어났다. 다리가 심하게 떨리는 게 보였다.

"아버지, 왜 거기까지 가셨어요? 큰길까지 나갔다가 길이라도 잃으면 어쩌시려고요?"

아저씨는 노인 곁에 바싹 붙어 앉아 노인의 얼굴을 수건으로 닦아 주었다. 그 손마저 부들부들 떨고 있었다. 그런데 아버지라고? 아인은 의아한 생각이 들어 한참을 쳐다보았다.

닮은 데가 있어 보이지는 않았다. 둘 다 빼빼한 거 말고는 이목구비가 너무나 달랐다. 아저씨의 이마는 넓었고, 눈썹은 희미했다. 코는 오뚝했으며, 입술이 두툼했다. 하지만 휜머리의 노인은 이마가 좁고 눈썹이 짙었다. 코는 뭉개진 듯 뭉툭했고, 입술이 가늘고 웃는 상이었다.

아저씨는 부드럽고 섬세한 손길로 노인의 얼굴과 목을 닦고, 화장실을 오가며 물에 적신 수건으로 손과 팔목, 그리고 나중에는 겨드랑이까지 싹싹 닦아 주었다. 그런 다음 노인에게 말했다.

"이제 좀 시원하세요?"

"…… 배고파, 배고파아!"

고개를 살짝 끄덕인 다음, 노인은 아이가 칭얼대듯 말했다.

"아! 맞다, 맞아. 우리 아버지, 아직 밥을 못 드셨구나. 잠시만요. 음……."

그러더니 아저씨는 주머니에서 휴대전화를 꺼내 들었다.

"아, 여기 탐정사무소예요. 짜장면 하나…… 아니, 두 개만 갖다주세요. 얼른요."

아저씨는 통화를 하다가 아인을 잠깐 쳐다본 다음, 이어 말했다.

"아버지, 짜장면 시켰어요. 조금만 기다리세요."

"짜장면? 맛있어, 짜장면! 형아도 줄게, 짜장면."

노인은 방긋 웃었다. 그러자 이마와 입가의 주름이 더 깊게

패였다. 그제야 아인은 노인이 뭔가 수상쩍다는 사실을 깨달았다. 그래서 더더욱 당혹스러웠다.

'하, 거참! 여기는 정상이 하나도 없네. 사람이나 물건이나.'

그런 생각이 들자, 아인은 자신도 모르게 뒤로 한걸음 물러났다.

하지만 하필이면 그때, 아인이 노인의 눈에 띄고 말았다. 아인과 눈이 마주치는 순간, 노인의 얼굴이 환해졌다.

"세령이가 왔어. 세령이가! 세령이……."

노인은 눈을 여러 번 비비며 아인을 쳐다보더니 엉거주춤 일어나기까지 했다. 그 때문에 놀란 아인은 겁을 먹고 뒤로 물러났다. 동시에 머릿속이 별별 생각으로 요동쳤다. 이것 좀 보라고, 이 예기치 않은 전개! 도대체 단 한순간도 마음을 놓을 수가 없다니까!

"가지 마, 세령아. 가면 안 돼. 오빠가 잘못했어."

할아버지는 양손을 뻗어 아인 쪽으로 한걸음 내디뎠다.

'헐! 이 노인네, 좀비여, 뭐여?'

아인은 어쩔 줄을 몰라 또 뒷걸음질 쳤다. 하지만 뒤로 더 물러나고 보니 등이 벽에 부딪쳤다. 더 이상 달아날 수가 없었다.

그때 아저씨가 달려와 아인의 팔을 붙잡았다.

"맞아요, 세령이가 왔어요. 아버지를 보려고 세령이가 왔어요."

그러면서 아저씨는 아인에게 눈짓을 했다. 윙크라도 하듯 한쪽 눈을 찡긋했다.

'뭘 어쩌라고요…….'

아인은 이러지도 저러지도 못한 채 벽에 붙어 서 있었다. 그러자 아저씨가 팔을 끌어당겼다.

"아, 아저씨!"

아인은 손을 뿌리치려 했지만, 아저씨는 단숨에 아인을 노인의 옆에 끌어다 앉혔다. 그러자 노인이 아인의 손을 덥석 붙잡았다.

"우리 세령이, 어디 갔었어? 왜 이제 왔어? 미안해, 오빠가 미안해."

설마 했는데 노인이 울기 시작했다. 금세 굵은 눈물이 뚝뚝 떨어져 내렸다. 노인은 눈물을 훔칠 생각도 하지 않고, 아인의 얼굴을 쓰다듬고, 머리를 쓸어내리고, 어깨를 토닥였다. 아인의 얼굴에서 눈을 떼지 않았다.

우어어!

아인은 입속으로 비명을 질렀다. 몸을 뒤로 빼내려 했지만,

노인의 손아귀 힘이 의외로 억세서 뿌리칠 수가 없었다. 더 기가 막힌 건 아저씨였다.

아저씨도 울었다. 노인의 눈을 마주 보고 손을 쓰다듬으며, 고개를 끄덕이며. 하, 이게 무슨 찌질한 상황이란 말인가? 혹시 몰래카메라 같은 건가? 이러다가 두 사람이 같이 어느 순간 '놀랐지?' 하면서 자지러지게 웃어 대는 거 아니야?

아인은 빨리 머리를 굴렸다. 어떻게 하면 이 상황을 모면할 수 있을 것인가?

하지만 딱히 방법은 떠오르지 않고, 아침에 뽑은 그놈의 카드만 생각났다. 거꾸로 매달린 사람 카드. 반드시 희생이 필요하다고? 아! 어째 요즘은 집어 드는 카드마다 족족 폭탄을 끌어안은 느낌일까? 빌어먹을 똥손 같으니.

"우리 세령이, 이제 어디 안 갈 거지? 그럴 거지?"

노인이 아인을 쳐다보며 말했다. 눈빛이 어찌나 간절한지 하마터면 '네' 하고 대답할 뻔했다. 아인은 그저 마주 보며 멍하니 앉아 있기만 했다. 이미 손에서는 땀이 나 척척했다.

그즈음 아저씨가 아인의 옆구리를 쿡 찔렀다. 그런데 그 강도가 너무 세서 아인은 순간 억 하고 소리를 내지를 뻔했다. 급히 허리를 숙이며 몸을 옆으로 기울이던 아인은 짜증이 났다.

강약 조절도 못 해요? 아인은 아저씨를 노려봤다.

하지만 그러고 그만이었다. 아인은 그게 무슨 뜻인지 알고 있었으므로 얼른 노인을 향해 대답했다.

"네……."

그러자 노인이 웃으며 아인의 머리를 쓰다듬었다.

"그래, 그래야지. 우리 세령이, 오빠랑 쎄쎄쎄 할까?"

헉! 쎄쎄쎄라고? 언젠가 들어본 듯도 한데? 혹시 그 호랑이 담배 피우던 시절에 아이들이 골방에 들어앉아서 했다던 그 근본도 없는 유치한 놀이?

생각할 겨를도 없이 노인은 아인을 자신과 마주 보도록 돌려 앉히더니 대뜸 양손을 잡았다. 그런 다음 가래 끓는 목소리로 노래를 불렀다.

"아침 바람 찬바람에, 울고 가는 저 기러기, 우리 선생님 계신 곳에 엽서 한 장 써 주세요……."

노인은 아인의 손을 잡고 흔드는 것으로도 부족했는지, 우는 흉내를 내다가 손바닥에 글씨 쓰는 시늉까지 했다. 기력이 없는지 동작이 굼뜨고 어색하기는 했지만, 어쩌나 귀여운지…… 으아아아아, 아인은 얼결에 든 생각에 기겁할 뻔했다. 내가 아주 정신 승리 제대로 하는구나 싶었다.

하지만 그건 아무것도 아니었다. 노인이 두 번째로 같은 노래를 부르기 시작했을 때, 아인은 자신도 모르게 노인의 동작을 따라 하려고 손을, 그리고 몸을 꿈틀댔다. 물론 옆에서 아저씨가 노인을 따라 하며 자꾸 아인에게 눈치를 주었기 때문이기도 했지만, 무언가 몸이 그걸 기억하고 있는 느낌이랄까?

'그나저나 아저씨는 왜 저렇게 잘하는 거지? 동작이 정확하고 씩씩하기 이를 데 없잖아.'

아주 잠깐이었지만 머릿속이 텅 비어 버리는 느낌이 들었다. 그런 중에 노인이 다시 말했다.

"자, 한 번 더! 아침 바람 찬바람에……."

노인은 갈수록 신나는 표정이었다. 세 번, 그리고 네 번째 만에 아인은 결국 엉성한 자세로 우는 흉내를 내고 편지를 쓰는 모양새를 취했다. 하면서도 곤욕이었다.

다행히 여섯 번째 만에 구세주가 나타났다. 은색 가방을 든 중국집 배달원이었다. 일용할 양식을 가져다주는 배달 아저씨가 항상 고맙기는 했지만, 이토록 반갑기는 처음이었다.

머리를 짧게 자른 젊은 배달원은 사무실에 들어오자마자, 철가방을 든 채 우뚝 멈추었다. 그러고는 입을 반쯤 벌린 채 더 이상 다가오지 못하고 머뭇거렸다. 하긴 눈앞에 펼쳐진 이 황

당한 장면을 누가 감당할 수 있단 말인가? 영혼을 털리지 않으면 다행이랄까.

틀림없었다. 배달원도 적지 않게 당황한 것처럼 보였다. 아저씨가 손짓하자, 그제야 배달원은 어리둥절한 표정으로 다가와 짜장면 두 그릇을 꺼내 테이블 위에 올려놓았다. 그러고는 돈 받을 생각도 하지 않고 허둥지둥 물러갔다. 아인은 배달원을 향해 살려 달라고 외치고 싶었다.

'이봐요. 그 은색 가방에 나를 넣어서 달아나 주세요!'

하지만 입술만 파르르 떨고 말았다.

잠시 후, 아인은 그렇게 외치지 않은 걸 금세 후회했다.

"아, 해 봐! 아!"

노인이 짜장면을 대충 비비더니 한 젓가락을 떠서 다짜고짜 아인의 입 앞으로 들이댔다. 얼굴에는 눈물 자국이 선명했지만, 노인은 희죽 웃고 있었다. 아인이 당황해 뒤로 몸을 피하자, 아저씨가 아인의 무릎을 탁, 쳤다.

아까는 옆구리더니 이번에는 무릎인가? 공격 포인트가 아주 다양한 양반이군 싶었다. 돌아보니 아저씨는 고개를 끄덕여 보였다. 그리고 아까처럼 눈을 찡긋했다. 정말이지, 그 눈 좀 그만 찡긋댈 수 없어요? 그러다 정든단 말이에요!

어쩔 수 없이 아인은 입을 벌리고 말았다. 하지만 그러는 중에 면발 한 가닥은 옷에 떨어졌고, 또 한 가닥은 아래턱을 후려쳤다. 짜증이 확 치밀어 올랐다. 그 바람에 자신도 모르게 욕설을 내뱉을 뻔했다. 그래도 겨우 참고 한 손으로 턱을 닦으려는데, 뜻밖에도 할아버지가 맨손으로 아인의 입가와 턱을 닦았다.

"지지야, 지지!"

노인이 웃고는 자기 손에 묻은 짜장을 입으로 쪽 빨았다. 그리고 그 손으로 단무지를 집어 아인의 입안으로 들이밀려 하였다.

우웩! 이건 아니죠.

아인은 입을 꾹 다물었다. 그리고 고개를 저었다. 하지만 그러자마자 아저씨가 어깨를 툭 치고 헤벌쭉 웃었다. 이어 또 눈한쪽을 감으며 찡긋!

'아아, 내가 죄를 지었으면 얼마나 지었다고. 신께서는 어찌 이런 헬게이트로 나를 인도하신단 말인가?'

울며 겨자 먹기로 아인은 입을 벌렸다. 그러자 단무지와 함께 할아버지의 손가락이 입안으로 쑥 들어왔다.

"컥!"

결국 이번에는 소리를 지르고 말았다. 헛구역질이 나려 했다. 아마 장희빈이 사약을 먹을 때도 이런 기분은 아니었을 거란 생각이 들었다. 그러나 시련은 그치지 않았다.

노인은 곧 짜장면 한 젓가락을 더 크게 집어서 아인의 입 안에 다시 들이밀었다. 이번에는 면발이 온 입가를 후려갈기듯하며 입안으로 들어왔다. 점점 인내심의 한계가 드러나고 있었다.

하지만 그걸 아는지 모르는지, 노인은 연신 면발을 아인의 입에 들이댔다.

"아버지도 좀 드세요."

"아니야, 난 배불러. 세령이가 배고플 거야. 세령이 많이 먹어야 해."

아저씨가 말했지만, 노인은 아랑곳하지 않았다. 안 되겠다 싶었는지 아저씨는 또 한 그릇의 짜장면을 비벼서 노인의 입에 넣어 주었다.

*

세상 어디에도 없을 것 같은 기괴한 퍼포먼스는 노란색 수건을 촌스럽게 목에 두른 아줌마가 나타난 뒤에야 끝났다.

"아니, 아버지! 그렇게 집에 있으라고 백 번을 더 넘게 이야기했더니만 이게 뭐예요. 주 씨 아녔으면 어쩔 뻔했어요, 네?"

"……."

배가 볼록 나온 아줌마는 어울리지 않게 곰돌이 푸가 그려진 티셔츠를 입고 있었다. 아줌마는 노인이 옷에 흘린 짜장면을 닦고, 물수건으로 얼굴도 닦아 주었다. 그러면서 또 말했다.

"어쨌든 주 씨, 고마워요. 정신 나가시면 바로 이 앞에서도 집을 못 찾아오시는데, 정말 큰일 날 뻔했어요."

아줌마는 고개를 돌려 아저씨를 쳐다보았다. 아저씨는 그저 씩 웃고 있기만 했다. 이어 아줌마의 시선이 아인에게 날아왔다.

"너……."

"알바하는 중이에요."

아인은 아줌마가 무어라 더 말하기 전에 선수를 쳤다.

"그랬구나. 그나저나 너는 또 이게 무슨 일이라니?"

아줌마는 짜장이 묻어 더럽혀진 아인의 옷을 훑어보더니 혀를 찼다.

"아, 아니에요. 괜찮아요."

아인은 얼결에 그렇게 대답했다. 물론 괜찮지 않았다. 아저씨한테 세탁비라도 받아 내야겠다고 다짐하고 있는 중이었다.

그즈음 아줌마는 노인을 소파에 바로 앉히고, 자신도 그 옆에 앉았다. 그리고 멀뚱히 서 있는 아인에게 말했다.

"치매에 걸리신 지가 벌써 한 오 년 되나 봐. 이런 일이 한두 번이 아니야. 그런데 낮에 집에 사람이 없어. 나랑 남편은 일하러 나가야 하고, 아이들은 학교에 갔다가 오후에나 오고……. 생각해 봐, 얼마나 심심하겠어. 아무리 치매에 걸린 노인이라도 말이야."

듣고 보니 안쓰럽긴 했다. 하지만 아인은 금방 입속으로 되물었다.

'그런데 그게 뭐요? 그걸 왜 나한테 이야기하시는 거예요? 내가 지금 아줌마 신세타령 들을 상황은 아닌 것 같은데요?'

아줌마는 잠깐 한숨을 쉬더니 말을 이었다.

"한두 달 전에도 큰길 사거리까지 가셨더라고. 그때 처음 저 양반이 우리 아버지를 데려왔지. 신호도 안 보고 막 건너시는 걸 붙들어 왔다고 하더라고."

아줌마가 아저씨를 힐끗 쳐다보았다. 아저씨는 또다시 헤벌쭉 웃었다.

아줌마는 수건으로 이마의 땀을 닦으며 아인과 아저씨에게 앉으라는 시늉을 했다. 아인은 얼결에 아저씨와 나란히 아줌마의 반대편 소파에 앉았다.

"그래서 그때도 연락을 받고 이리로 달려왔는데, 우리 아버지가 저 양반을 보면서 자꾸만 '아범아, 네 고모가 아직 안 왔구나!' 그러시는 거야."

"아범이요?"

"응. 우리 아버지가 저 양반을 당신 아들로 생각하신 게지. 뭐, 어떤 때는 형이라고 그러기도 하지만…… 그래서 여기도 종종 혼자 찾아오셨어. 아들 본다고. 그러면 저 양반이 우리 아버지한테 '아버지!' 하면서 대신 아들 노릇을 해 줬고. 그러다가 정신이 반짝 돌아올 때는 바둑도 두고 그러셨지."

그 말에 아인은 고개를 끄덕였다. 탐정사무소에 왔던 첫날, 아저씨와 바둑을 두던 노인이 생각났다. 그때는 고개를 숙이고 있어서 몰랐는데, 그 노인이었구나 싶었다.

"그럼, 세령이란 분은……?"

아인은 자신도 모르게 질문했다. 빨리 이 어이없는 상황에서 벗어나고 싶은 마음이 굴뚝같았는데, 생각과 입이 따로 노는 느낌이었다.

"그게 말이지."

아줌마는 크게 숨을 한 번 내쉬더니 입을 열었다.

"어느 날이었더라, 집에 있는데 아버지가 여길 가자고 하시더라고. 그래서 모시고 왔더니, 저 양반을 붙들고는 '우리 세령이 좀 찾아 줄 수 있어?' 하시는 거야."

아줌마가 말하는 동안 아인은 '저 양반'을 힐끔 돌아보았다. 아저씨는 무슨 의미인지 이따금 고개만 끄덕였다.

"그러니까 그 세령이라는 분이……."

"내 고모지. 우리 아버지의 막내 누이동생."

"그분은 어디 사시는데요?"

그놈의 호기심 때문에 아줌마의 이야기에 낚이고 말았다. 아인은 아줌마의 대답을 기다렸다.

"지금은 돌아가셨지. 한강철교 위에서."

"네? 한강철교라니요?"

"아주 오래전의 일이지. 한국 전쟁 때, 북한군이 3일 만에 서울을 점령하고 아수라장이 되었을 때의 일이니. 그 당시 아버지는 남대문 어딘가에 사셨는데, 전쟁이 난 당일까지도 라디오 방송에서는 국군이 적군을 잘 막고 있으니 시민들은 안심하라는 방송이 나왔었대. 하지만 그건 거짓말이었어. 전세가 불리

해지자 국군은 대통령까지 도망간 뒤에 한강 다리를 폭파시켜 버렸어. 뒤늦게 피난을 떠나려던 사람들은 그 사실을 알고 경악했지. 하지만 그럼에도 목숨을 부지하고자 사람들은 한강으로 몰려들었고, 그들은 부서진 다리 위에 매달려 어떻게든 강을 건너려 했어."

"그때 돌아가셨어요? 그 세령이라는 분이요?"

"응. 아버지는 열 살이었고, 막내 누이동생은 다섯 살이었대. 아버지가 동생 손을 붙잡고 있다가 놓쳤다지 뭐야. 그러는 바람에 누이동생은 다리 아래로 떨어져 죽었고. 그래서 아버지는 치매가 오기 전에도 자신이 동생을 죽게 했다고 늘 고통스러워하셨어."

아줌마는 한 손으로 노인의 손을 꼭 잡고, 다른 한 손으로는 눈가에 고인 눈물을 훔쳐 냈다. 그 말을 듣는 순간, 아인은 갑자기 화가 났다.

"그게 왜 할아버지 탓이에요? 다리를 끊은 사람들 잘못이죠. 아무 일 없다며 그 자리를 지키고 있으라고 한 건 그 사람들이잖아요. 그런데 그 책임을 왜 할아버지가 지려고 해요? 네?"

아인은 자신도 모르게 숨도 안 쉬고 말했다. 하지만 그러자마자 '내가 지금 뭐라고 한 거야?'란 생각에 잠시 멍해졌다. 앞에 앉은 아줌마도 조금 당혹스러웠는지 아인을 멀뚱멀뚱 쳐다보았다. 아인은 또 무슨 말이 나올 듯해서 입술을 파르르 떨며 억지로 참았다.

잠시 후, 아줌마는 굳었던 얼굴을 펴고 말했다.

"그래, 아무도 책임지려 하지 않았어. 그렇게 가족을 잃어버린 사람들에게 그 누구도 미안하다고 말하지 않았고. 우리 아버지는 평생 그걸 고통으로 가슴에 묻고 사셨는데 말이야. 앞으로도 목숨이 붙어 있는 한, 돌아가실 때까지 저러실 텐데……."

"……."

아인은 할 말이 없어졌다. 다른 사람들도 덩달아 입을 열지 않았다. 그렇게 어색한 고요가 한동안 탐정사무소 안의 공기를 무겁게 내리눌렀다.

아줌마가 자리에서 일어났다. 덩달아 아인과 아저씨도 일어났다.

"주 씨, 고마워요."

아줌마는 그렇게 말하고 노인의 손을 잡고 사무실 밖으로 나섰다. 그러자 노인이 뒤를 돌아보며 말했다.

"세령이가 저기에 있어, 우리 세령이."

하지만 아줌마는 노인의 등을 토닥이며 함께 밖으로 나갔다. 창문 밖 거리에서는 할아버지가 세령이를 부르는 소리가 계속 들렸다.

한참 만에 아인은 소파에 앉았다. 긴 숨을 내쉬고 아저씨에게 물었다.

"혹시 아저씨가 그 세령이라는 분을 찾아 준다고 했어요?"

"어, 그게……."

"죽은 사람을 어떻게 찾아요? 그리고 아저씨는 고양이 전문이라면서요?"

"나는 다만, 치매를 앓고 계시니까 돌아가시기 전까지…… 그래, 그냥 희망을 주고 싶었을 뿐이야."

"뭐라고요? 죽은 사람을 찾아 주겠다고 거짓말을 하는 게 희망을 주는 일이라고요?"

아인은 자신도 모르게 목소리를 높였다. 그러자 아저씨는 무언가 더 말하려다가 입을 다물었다.

아인은 짜증이 솟구쳐 올랐다.

'탐정사무소는 개뿔! 무슨 구청 민원창구도 아니고……!'

검은 고양이 엘리자베스

아저씨는 퀭한 눈만 깜박거렸다. 대체 무슨 말을 하는 건지 전혀 모르겠다는 표정이었다. 그래서 아인은 조금 짜증스럽다는 투로 한 번 더 말했다.

"알바비요! 그간 일한 것에 대한 알바비를 받겠다고요. 뭐, 선불…… 아니, 가불이라고 해야 하나? 암튼 미리 좀 달라고요."

"……?"

아저씨는 멀뚱멀뚱 쳐다보았고, 아인은 휴대전화를 꺼내 계산기 앱을 열었다. 그리고 그것을 두드리며 말했다.

"시급 8,350원으로 쳐서 하루 4시간씩은 일했으니까 33,400원. 어제까지 4일 일했으니까 133,600원. 이걸 다 달라는 건 아니고요. 십만 원만 미리 땡겨 쓰자고요."

"없어."

공들여 말한 것이 무색할 만큼 아저씨의 대답은 싱거웠다. 맥이 빠져서 아인은 아저씨를 멍하니 바라보았다. 그러자 아저씨는 한 번 더 말했다.

"아! 오백 원 있어."

그러면서 아저씨는 주머니에서 정말로 오백 원짜리 동전을 꺼내 아인에게 내밀었다.

"아이, 씨! 내가 무슨 초딩들 삥 뜯는 것도 아니고……."

어이가 없었다. 아저씨가 장난을 치는 것 같아 기분이 나빠졌다. 싫은 소리라도 하고 싶었지만, 아인은 꾹 참고 곧바로 다시 말했다.

"아무튼 말이에요. 내가 돈을 떼먹겠다는 것도 아니고, 급해서 미리 좀 당겨 쓰겠다는 거잖아요. 정말 급해서 그런단 말이에요."

아인은 자신도 모르게 소리를 높였다. 정말 급했다. 윤자는 아침부터 돈을 가져오라고 메시지를 거듭 보내왔고, 오늘은 마냥 무시할 수만은 없다는 생각이 들었다.

오늘 오후 두 시야. 큰길 사거리 탐앤탐스 커피숍.

이 메시지를 시작으로, 선자 언니가 직접 나온다고 했다면서 은근히 협박하는 메시지까지. 그러고도 아인이 답신하지 않자, '잊지마'라는 메시지까지 한 번 더 날려 주시는 망할 놈의 센스. 그래서 아인은 결국 짧게 '○○'이라고 답신했다.

그러자 윤자는 '답장이 아주 독립선언문처럼 길고 고급지네!' 했다.

하지만 문제는 돈이 없다는 거였다. 그래서 처음에는 엄마에게 손을 벌려 볼까 하다가 그만두었다. 분명히 그 영감탱이의 합의금이 어떻고 하면서 잔소리만 늘어놓을 게 뻔하니까. 그래서 어쩔 수 없이 아저씨에게 부탁했던 것이다. 알바비를 미리 좀 받을 수 있느냐고.

이런 다리아랫소리는 정말 하기 싫었다. 하지만 해야 했다. 선자 언니의 담배빵을 맞느니 그편이 나을 거라 생각이 들어서였다. 그런데 이런 말도 안 되는 상황이라니.

물론 이런 중에도 휴대전화는 또 부르르 떨었다. 이번에도 윤자의 메시지였다.

뭐 해? 돈은? 아직 준비 못 한 거야? 선자 언니 올 때 됐어.

아인은 소리를 꽥 지르고 싶었다. 아니, 그 정도는 아니었지만 소리를 높이긴 했다. 아저씨를 향해서.

"아니, 그럼 쌩까겠다는 거예요?"

"돈은 필요 없어. 돈은 중요한 게 아니야."

또 뭐라는 거야. 갑자기 진지해진 표정으로 뱉어 낸 아저씨의 한 마디에 아인은 화가 났다. 도대체 이 양반은 어느 때 보면 멀쩡해 보이고, 어느 때 보면 멘탈이 안드로메다 저 너머에 가 있는 것 같다니깐.

이번에는 아인도 정색을 하고 물었다.

"돈이 중요하지 않으면 뭐가 중요한데요?"

"잃어버린 애부터 찾아야지."

"잃어버린 애라니요?"

"고양이."

아, 씨! 빌어먹을 고양이 같으니라고. 아인은 사무실을 휘둘러보았다. 여차하면 값나가는 물건이라도 가지고 튈까 싶었다. 하지만 그럴 것 같은 건 눈에 띄지 않았다. 하나같이 지금 당장 버려도 전혀 이상하지 않을 것 같은 물건들뿐이었다. 하긴 소파 귀퉁이마다 뜯어져서 스펀지가 삐죽삐죽 나온 걸 보고 알아봤지. 간이침대 다리도 하나 부러져서 벽돌로 괴어 있었지. 냉장고는 텅텅 비었고, 칸막이 천도 빛바래고 낡은……. 무엇보다 이 아저씨! 세종대왕이 훈민정음 만들던 시절에서 건너온 것 같은 비현실적인 캐릭터 같으니라고!

아인은 한숨을 내쉬고 다시 아저씨를 쳐다보았다. 아저씨는 그때까지도 오백 원짜리를 아인에게 내밀고 있었다. 아인은 거뭇한 빛이 도는 동전을 받아 들었다.

"저 오늘 알바 못 해요. 조퇴해요. 그렇다고 괜히 엄마한테 이르지 말아요. 내일 일찍 나올 테니까요."

그렇게 말하고 아인은 돌아섰다. 하지만 아저씨는 가타부타 말이 없었다.

몸으로 때워야지, 뭐. 그렇게 중얼거리면서 아인은 사무실을 나와 터덜터덜 알타미라 동굴을 빠져나왔다. 그런데 계단을 다 내려왔을 때, 문득 초등학교 4~5학년쯤 되어 보이는 남자아이가 아인과 팔을 부딪치며 탐정사무소를 향해 뛰어 올라갔다. 헉헉대는 모양새가 무언가 단단히 급한 일이 있는 모양이었다. 그 바람에 아인이 걸치고 있던 셔츠 한쪽이 어깨 아래로 흘러내렸다.

"야, 씨!"

아인은 아이의 뒤에 대고 소리를 질렀다. 하지만 아이는 아랑곳하지 않고 헐레벌떡 계단을 올라갔다.

아인은 아이와 부딪쳐 흐트러진 셔츠를 바로 입고 입구 앞에 섰다. 하지만 선뜻 밖으로 나서지 못했다. 따가운 햇볕 때문은 아니었다. 선자 언니에게 가기 싫어서였다. 돈을 구하지 못했으니 어디를 얼마나 얻어터져야 할지 모를 일이므로.

지난번에도 담배빵을 맞을 뻔한 걸 겨우 피했다. 선자 언니가 클럽이란 데를 가자고 했는데, 아인이 싫다고 했기 때문이었다.

단순히 미성년자가 가면 안 되는 곳이어서가 아니었다. 짧은 치마를 입고 오란 것도 마음에 들지 않았고, 무엇보다 나이 들어 보이도록 화장을 떡칠하듯 하는 것이 싫었다.

야, 주아인. 넌 와꾸가 평타니까 많이 처발라야겠다. 선자 언니는 티적거리듯 그런 말을 했다. 그 말을 듣고 아인은 전날 먹은 쫄면을 토해 낼 뻔했다. 야, 너는 스모키 화장한다고 판다 분장이나 하지 말던가. 그 말이 입안에서 수십 번을 뱅뱅 돌았다.

게다가 클럽이란 곳은 시끄럽고 복잡했다. 어두운데다가 갑

갑했고, 온갖 땀 냄새와 화장품 냄새, 술 냄새가 뒤엉켜 머리가 아팠다. 그래서 싫다고 했지만 선자 언니는 아인에게 촌스럽다며 힐난했다. 그러면서 대학생 오빠들 후려서 맛있는 거나 뺏어 먹는 게 목적이라며 무조건 시간과 약속장소를 잡았다.

하지만 아인은 가지 않았다.

며칠 후에 선자 언니가 학교 뒷문 쪽 카페로 불러냈다. 아인이 도착하자 곧바로 흡연실로 끌고 갔다. 선자 언니는 대뜸 담배를 피워 물더니 아인의 팔을 끌어갔다. 그러고는 빨갛게 타고 있는 담뱃불을 팔 가까이에 들이댔다. 담뱃불이 맨살에 닿을 듯 말 듯 했다. 팔뚝에 담뱃불의 기운이 느껴져서, 아인은 자신도 모르게 인상을 찌푸렸다. 겁이 났다. 하지만 알 수 없는 오기로 아무렇지 않은 척 버텼다.

그러자 선자 언니가 말했다.

싫은 건 곧 죽어도 싫다, 이거지? 좋아. 다 좋은데, 아무리 그래도 네가 이렇게 나오면 가오가 안 서잖아, 내가. 긴말 필요 없고, 이번이 마지막이야. 담에는 이걸로 네 팔뚝에 별을 그릴 테니까.

아인은 더 이상 피할 수 없음을 알고 있었다. 오늘이 아니어도 언젠가는 마주칠 것이고, 늦어질수록 더 많이 맞을 것이란 걸…….

'아, 그러니까 어쩌자고 이런 데서 알바를…….'

생각할수록 짜증이 치밀어 올랐다. 이 모든 게 광장에서 만난 영감탱이 때문이란 생각이 들었다.

*

이 주 전이었다.

허 마스터의 문자 메시지가 도착한 건 토요일 오후 세 시쯤이었다.

아빠가 광장에 있대. 유진이 엄마가 십 분 전에 봤대. 얼른 가 봐.

그걸 보는 순간, 반사적으로 욕이 나왔다. 하필이면 만화방에서 꿀 빨고 있을 때 이렇게 불러내야 해? 가출하려면 확실히 하던가, 왜 툭하면 남의 눈에 띄고 그래? 사람 귀찮게!

아인은 들고 있던 만화책을 집어 던졌고, 그 책은 윤자의 발끝을 때렸다. 움찔 놀란 윤자는 아인을 쳐다보았다. 소리는 내지 않았지만, 왜 그러냐는 듯한 눈빛이었다. 아인은 아무 말 없이 가방을 챙겨 일어났다.

허 마스터 호출이겠지, 뭐. 이번엔 어디라니? 광장? 그렇게 말하며 세라가 덩달아 몸을 일으켰다. 아인은 따라올 필요 없다고 말하려다가 그만두었다. 한때는 친구들이 아빠를 보게 될까 봐 적잖이 부끄러웠지만, 이제는 그런 걱정을 할 필요가 없었다. 어차피 광장까지 가려면 한 시간은 걸릴 것이고, 그때까지 아빠가 거기에 있을지는 알 수 없었다. 아니, 없을 게 분명했다. 게다가 제 발로 걸어 나간 사람이 얌전히 기다릴 리가 없지 않은가? 그 덕분에 친구들 중에는 아빠의 얼굴을 본 사람이 단 한 명도 없었다.

물론 아빠는 집을 나간 후에도 동네 사람들 눈에는 곧잘 띄곤 했다. 이를테면 아빠는 집을 나간 듯, 나가지 않은 듯, 결국 나간…… 하, 이건 뭐지? 친구인 듯, 친구 아닌, 친구 같은…… 뭐, 그런 건가? 하긴 아빠는 집을 나가기 전에도 아빠인 듯, 아빠가 아닌 듯, 그러나 아빠였으니까. 택배 기사였던 아빠가 집에 머무는 시간은 고작 일주일에 하루, 그것도 대부분은 잠만 자며 보냈으니까.

아무튼 아빠는 집을 나간 지 닷새 만에 동네 아줌마의 눈에 처음 띄었다. 그때도 광장 근처였다. 그래서 엄마와 함께 달려갔더니 어느새 수많은 인파에 묻힌 뒤였다.

그다음에는 시청 부근에서, 또 한 번은 아주 멀리 남해안까지 가서 발견된 적도 있었다.

물론 몇 번은 엄마의 손에 이끌려 되돌아오긴 했지만, 그때뿐이었다. 아빠는 다시 집을 나갔고, 결국 아인은 자신이 가도 달라질 건 없다는 것을 알았다.

어차피 찾는 흉내만 내면 되는 거였다. 엄마도 그걸 모르지 않을 테니, 찾지 못한다고 성질을 내거나 나무라지는 않겠지. 언제나처럼.

엄마의 메시지는 광장으로 가는 도중 두 번이나 더 왔다.

가고 있는 거야?

하지만 아인은 그 문자에도 답장하지 않았다.

이년아, 답신 좀 해. 신경 쓰여서 카드빨이 안 서잖아.

그 문자를 받고서야 아인은 가는 길이라고 답신을 했다. 그리고 십 분쯤 더 있다가 문자 하나를 더 보냈다.

귀한 따님한테 이년이 뭐야? 더구나 신성한 마스터께서.

그러자 곧바로 답신이 왔다.

귀한 따님이 남한테 삥이나 뜯고 다니냐? 한 번만 더 그 지랄하면 호적에서 파고 발가벗겨서 내쫓을 테니 그리 알아라.

하! 아인은 고개를 젓고, 답신하지 않았다.

그런 채로 아인은 광장에 도착했다. 지하철에서 내려 세종대왕 동상 앞까지 걸어갔다. 무슨 행사를 하는 건지 사방이 복잡했다. 사람들이 넘쳐 났고, 여기저기서 구호 소리도 들렸다. 한편에서는 여러 개의 깃발이 휘날렸고, 고함 소리도 들려왔다. 사방을 돌아보았지만, 아빠의 모습은 보이지 않았다. 실망하지는 않았다. 늘 그랬으니까.

동상 앞까지 갔다가 아인은 발걸음을 돌렸다. 그리고 혹시나 싶은 마음에 또다시 사람들 틈을 힐끗거렸다. 어디에도 아빠는 보이지 않았다. 한쪽 편에 천막들이 늘어서 있어서 하나씩 훑어보았지만, 거기에도 아빠는 없었다. 서명을 받고 있는 가판대도 지났지만, 마찬가지였다.

그때쯤 엄마의 메시지가 다시 한번 날아왔다.

민서 엄마가 십 분 전에 종이배 조형물 있는 데서 아빠를 보았대.

종이배 조형물이라고? 아인은 주변을 두리번거렸다.

엄마가 말한 노란 종이배 조형물은 고개를 돌리자마자 한눈에 들어왔다. 아인은 사람들을 헤치고 빨리 걸었다. 어디에 계신다는 거야? 윤자가 급히 따라오면서 물었다. 하지만 아인은 대꾸하지 않고 뛰다시피 하며 사방을 휘저었다.

그때였다. 노란 풍선을 든 사람들이 한 무리 지나가는데 그들 뒤편으로 또 다른 천막들이 보였다. 그 천막 위에는 '특별법 제정을 위한 릴레이 단식 29일째'라는 검은 글씨가 적혀 있었다.

그리고 그 옆에는 '우리 아이들을 잊지 말아 주세요'라고 쓰인 천이 펄럭였다. 바탕에는 커다란 고래가 별 무리 사이로 헤엄쳐 가는 그림이 그려져 있었다. 아인은 그 그림을 한참 보다가 천막 안을 힐끗 쳐다보았다. 천막 안에는 비쩍 마른 남자가 멍하니 앉아 있었다. 그곳을 지나자 종이배 조형물 아래에 서게 되었다. 아인은 연신 두리번거렸다. 하지만 그 어디에도 아빠의 모습은 보이지 않았다. 허름한 옷차림, 구부정한 어깨, 호리호리한 외양만 보이면 달려가 보았지만, 아빠는 아니었다.

없어.

숨을 고르며 허 마스터에게 답신을 보냈다. 하지만 마치 기다렸다는 듯 곧바로 답신이 돌아왔다.

교보 빌딩 쪽으로 갔대. 방금 전에 윤주네 아저씨가 봤대.

아인은 곧장 교보 빌딩 쪽으로 발걸음을 돌리긴 했지만, 점점 짜증이 났다.

'뭐야, 숨바꼭질이라도 하자는 거야? 그리고 뭔 동네 사람들이 여기에 다…… 현피라도 뜨는 거야, 뭐야?'

아인은 더 많아진 사람들 틈새를 헤쳐 나갔다. 경찰이 손을 잡고 막아선 인간 장벽도 넘었다.

뭐냐? 강강술래라도 한다니? 세라가 중얼거리면서 따라왔다. 그런데 그때, 어디에선가 치킨과 피자 냄새가 훅 끼쳐 왔다. 그렇지 않아도 허기진 터라, 금세 속이 쓰렸다.

뭐냐, 저기?

윤자가 한발 나섰다. 저편 앞을 쳐다보니 사십 대쯤의 남자가 소리를 지르고 있었고, 그 뒤편에는 '특별법 반대'라는 현수막이 걸려 있었다. 앞글자는 사람들의 머리 때문에 보이지 않았다. 그들 앞으로 산더미처럼 쌓인 치킨과 피자 상자가 보였다. 그리고 그 옆에는 초코바 수백 개도 흩어져 있었다.

그러자 방금 전 뚫고 나온 광장 쪽을 향해 내지르는 소리들이 들렸다.

단식, 저거 가짜야!

암! 가짜지, 가짜. 돈 받아 처먹으려는 짓이야.

죽은 자식 팔아 한몫 챙기자는 거지. 에라이! 속이고 겉이고 시뻘건 놈들아!

그런데 그때, 눈치를 보던 윤자가 앞으로 나서며 말했다. 우리도 피자 좀 먹을까? 그냥 나눠 주는 것 같은데? 아인은 자신도 모르게 주먹을 꽉 쥐었다. 하지만 말은 세라가 먼저 꺼냈다. 눈치 좀 있어라. 저 새끼들, 광장에서 단식투쟁하는 사람들 조롱하는 거잖아. 저것들은 인간도 아니야. 세라가 아인의 눈치를 보며 말했다. 그러자 윤자가 꼬리를 내렸다.

문제는 그다음이었다.

뭐가 인간이 아녀? 학생들은 어느 편이여? 그렇게 말하며 나이 든 남자가 끼어들었다. 못해도 오십 대 중반은 되어 보였고, 술 냄새가 훅 끼쳤다. 군인은 아닌 것 같은데, 군복을 입고 군모를 쓰고 있었다. 양손에는 닭다리를 하나씩 들고 있었고, 기름이 묻은 주둥이를 오물대고 있었다. 아인은 어렸을 때 동물원에 갔다가 본 똥 묻은 돼지 똥구멍이 떠올라 구역질이 날 것 같았다.

가자. 아인은 무시하는 게 좋을 것 같아서 윤자와 세라를 끌어 앞으로 나아갔다. 하지만 군복의 남자는 아인의 팔을 붙들었다. 아인은 재빨리 손을 뿌리쳤고, 그러는 바람에 남자의 손이 아인의 어깨를 쓸어내렸다.

아니, 그러니까 대답을……. 바로 그 순간, 아인은 소리를 질렀다. 아악! 여기 이 아저씨가 성추행했어요. 도와주세요. 제일 먼저 군복 입은 남자가 당황했고, 옆에 있던 윤자와 세라도 놀라는 듯했다. 주변의 사람들 시선이 이쪽으로 향하는 게 느껴졌다. 아인은 한 번 더 소리쳤다.

이 사람이 제 몸을 만졌어요. 도와주세요. 그러자 군복의 남자는 머뭇거렸다. 아니, 내가 언제……. 하지만 뭐라 더 말할 사이도 없이, 아인은 남자의 사타구니를 냅다 걷어찼다. 물론 어느새 주위에 모여든 몇몇 사람들을 향해 한 번 더 외치는 것을 잊지 않았다. 이 사람이 제 몸을 만졌어요!

순식간에 주위는 아수라장이 되었다. 군복의 남자는 손에 들고 있던 닭다리를 놓치며 고개를 숙였고, 그런 채로 손사래를 쳤다. 아니, 아니야……. 겨우 말을 꺼냈지만 맺지는 못했다.

거기까지 했어야 했다. 입에 들었던 걸 게워 내며 헉헉대는 남자를 보는 순간, 무언가가 가슴 깊은 곳에서 치밀어 올랐고, 그 때문에 아인은 막 일어서는 남자의 사타구니를 한 번 더 걷어찼다. 남자는 꽥, 소리를 지르며 다시 고꾸라졌다. 하지만 아인은 만약 윤자와 세라가 말리지만 않았다면 돼지 똥구멍의 머리통도 걷어찰 뻔했다. 막 다리를 들어 올리는데 윤자와 세라가 아인을 뒤로 끌어당겼다.

그다음부터는 나쁜 꿈처럼 시간이 지나갔다. 남자와 함께 경찰서로 불려 가고, 시시티브이가 어떻고 하는 소리가 들리고, 한참 뒤에 허 마스터가 달려오고, 합의금이 어떻고…….

*

"아, 씨……."

또렷하게 떠오르는 그날의 기억 때문에 한 번 더 투덜거리며 아인은 한 걸음 내디뎠다. 그러자 따가운 햇볕이 머리에 꽂혔고, 뺨을 할퀴었다. 자신도 모르게 헉하고 숨을 내뱉어 내야 했다.

그런데 바로 다음 순간이었다. 후닥닥 하는 소리가 들리는가 싶더니 뒤에서 누군가 뛰어 내려왔다. 돌아보려는데 무언가가 팔을 툭 치고 지나갔다. 아까 그 남자아이였다.

"야! 이 급식충……."

반사적으로 소리를 질렀다. 그러나 연이어 계단을 내려딛는 소리가 들리고 누군가 덥석 아인의 손을 붙잡았다.

"고양이가 나타났어!"

아인은 얼결에 이끌려 몇 걸음 따라갔다.

"뭐예요!"

아인이 소리치며 손을 뿌리치려 했지만, 아저씨는 놓아 주지 않았다. 덩치에 비해 힘이 셌다. 아인은 언덕을 쫓아 올라가는 꼴이 되고 말았다.

"뭐냐고요."

"고양이가 나타났어!"

반복해서 말하는 아저씨의 표정이 어느 때보다 진지했다.

"무슨 고양이요? 근데 나를 왜 끌고 가는 건데요!"

"엘리자베스!"

"뭐라고요? 그게 고양이 이름이에요?"

아인은 따라가면서 물었다. 그러자 그때, 옆에서 달리던 아이가 무언가를 아인에게 내밀었다. 뛰면서 쳐다보니 고양이 사진이었다. 아저씨의 책상 앞에 빨간 동그라미로 표시되어 있던 그 사진과 같은 것이었다. 날렵한 러시안 블루, 그 바로 옆에 지도가 붙어 있던 기억도 났다.

"이게 나타났다는 거예요?"

"저 위쪽에요!"

대답은 앞서 뛰고 있던 아이가 대신했다. 녀석도 땀을 뻘뻘 흘리고 있었다.

그즈음에는 아저씨가 손목을 놓았는데도, 아인은 자신도 모르게 두 사람을 따라 언덕을 오르고 있었다. 아니, 그뿐만이 아니었다. 아이가 허물어진 집 앞에 멈춰 서서 손가락으로 그 너머의 잡풀 더미 쪽을 가리키는 순간, 아저씨와 함께 자세를 낮추기까지 했다. 심지어 아인은 주머니 속에서 울리는 휴대전화도 간단히 무시했다. 윤자거나 선자 언니일 테지만.

"저 앞에서 봤어요."

아저씨는 아이의 손가락을 따라 잡풀 더미 쪽을 유심히 살폈다. 아무것도 보이지 않았다. 부서진 기둥과 담벼락, 웃자란 잡풀들만 보였다.

얼마나 기다렸을까? V 자로 부서진 담벼락 뒤쪽에서 무언가 나타났다. 고양이였다. 놈은 재빨리 기둥 위를 타고 오르더니 오른쪽에서 왼쪽으로 튀어 키 큰 잡풀 더미 쪽으로 뛰어갔다. 그런데 아저씨는 꼼짝도 하지 않고 앉아 있기만 했다. 아인은 아저씨를 쳐다보았다. 아저씨가 고개를 가로저었다. '저 고양이가 아니야'라고 말하고 있는 듯했다. 아인이 보기에도 아닌 것 같았다. 방금 전 본 고양이는 코리안 숏 헤어 종인 듯했으니까. 사진 속에 있는 러시안 블루가 아니었다.

바로 그 순간이었다. 코리안 숏 헤어가 넘어간 쪽의 키 큰 잡풀 더미들이 요란하게 흔들렸다. 이내 고양이의 날카로운 울음소리가 크게 들렸다.

"캬오오옹!"

"야아아아옹!"

한 마리가 아니었다. 적어도 두 마리 이상이었다. 아인이 그걸 느끼는 순간, 아저씨가 벌떡 일어났다. 그리고 그쪽을 향해 달려나갔다.

"엘리자베스!"

뒤이어 아이가 따라 뛰었고, 얼결에 아인도 일어나 뒤를 쫓았다. 한때는 담이었을 부서진 벽돌 더미를 타 넘고, 깨진 플라스틱 바구니와 찌그러진 양은 냄비들이 어지러이 널린 마당을 지나, V 자로 부서진 담장 앞에 이르렀다.

그때, 다른 고양이가 한 마리 더 나타나 저편의 또 다른 담장 쪽으로 뛰어나갔다. 러시안 블루였다. 고양이는 아인을 쳐다보고 빨간 지붕 위로 사라졌던 바로 그 녀석이었다. 잿빛이 감도는 검은 고양이였고, 앞쪽 다리 하나를 살짝 절고 있었다. 물론 달리는 데는 그게 큰 문제가 되는 것 같지는 않았지만.

"저 녀석이 엘리자베스였어?"

아인은 자신도 모르게 중얼거렸다. 그 순간, 엘리자베스는 또 하나의 담장을 막 뛰어넘고 있었다.

"엘리자베스!"

아저씨가 다시 한번 외쳤다. 그리고 V 자 담장을 넘어 이리저리 두리번거렸다. 하지만 엘리자베스는 보이지 않았다.

"엘리자베스!"

아저씨가 한 번 더 소리쳤다. 방금 전보다 목소리가 더 간절하게 들렸다. 그래서일까. 왠지 아인까지 덩달아 가슴이 저릿

했다.

아저씨는 곧 주머니에서 무언가를 꺼냈다. 얼핏 보니 육포 조각이었다.

한참을 서성대던 아저씨는 육포를 그 자리에 놓아두고 처음 자리로 돌아왔다. 그리고 땅바닥에 주저앉아 다시 고양이가 나타나기를 기다렸다. 하지만 삼십 분이 지나도 고양이는 나타나지 않았다.

햇볕은 더 뜨거워졌고, 가녀린 은행나무 한 그루가 만든 그늘은 좁디좁았다. 땀이 흘러 가슴 아래로, 그리고 뒷목 너머까지 적셨다.

아인은 문득 이상한 생각이 들었다. 첫날 아저씨가 아인에게 브리핑이라도 하듯 쉼 없이 쏟아 놓던 말들이 생각나서였다. 그 고양이들을 찾을 때는 나름 탐정 코스프레 좀 하더니, 지금은 왜 이렇게 허술한 걸까. 그때 떠벌리던 이야기는 모두 거짓말이었나?

아인은 문득 자신도 모르게 물었다.

"아저씨는 왜 탐정이 되신 거예요?"

"고양이 찾으려고."

대답이 간단했다. 하긴 이처럼 정신없는 아저씨한테 뭘 기대

했던 걸까. 아인은 쓴 입맛을 다시며 다시 물었다.

“아까 그 고양이 찾으려고요? 언제 잃어버렸는데요?”

“일 년 좀 안 돼.”

“그렇게 중요한 고양이예요?”

짤막하게 대답하던 아저씨는 이번엔 고개만 끄덕였다.

“꼭 찾아야 해요? 비슷한 고양이 많잖아요. 다시 분양받지 그래요?”

그때였다. 아저씨가 미간을 좁히고 아인을 똑바로 쳐다보았다. 눈빛이 매서웠다. 얼굴이 딱딱하게 굳어 있었다. 내가 뭘 잘못한 걸까? 아인은 갑자기 당혹스러워졌다.

“그, 그냥 궁금해서요.”

아인은 자신도 모르게 더듬거리며 변명하듯 말했다. 결국 제 풀에 멋쩍어서 아인은 딴 데로 시선을 돌렸다.

그리고 조금 시간이 지난 다음, 아저씨를 힐끗 쳐다보았다. 아저씨는 오로지 엘리자베스가 있을 법한 방향만 하염없이 노려볼 뿐이었다.

‘하긴 온전한 정신도 아닌 이 아저씨랑 무슨 말을 하겠어. 괜히 쫄았잖아.’

아인은 금세 포기했다. 그리고 일어나 뒤편 큰 나무 아래로 물러났다.

다시 십오 분쯤이 지나갔다. 그때까지도 엘리자베스는 모습을 드러내지 않았다. 아인은 더 이상 그 자리에 머물 수가 없었다. 아까부터 다시 주머니 속에서 울려 대는 휴대전화의 진동음 때문이었다. 이번에는 진동이 길었다. 메시지가 아니라 전화를 한 것 같았다.

아인은 일어났다. 그때, 저만치 앞에 있던 아이가 이쪽으로 달려왔다. 그리고 아저씨와 무슨 이야기를 나누더니, 아인이 있는 쪽으로 다가왔다.

"야, 초딩! 뭐냐?"

아인이 먼저 물었다. 그러자 아이가 손등을 내밀어 보였다.

"이거요?"

아이의 손등에는 도장 두 개가 찍혀 있었다. 고양이 그림 두 개였다.

"헐! 뭐야, 이게?"

"누나는 이거 없어요? 엘리자베스를 발견할 때마다 신고하면 아저씨가 이 도장을 찍어 줘요."

아이는 땀을 뻘뻘 흘리며 말했다. 정말 몰랐냐는 표정이었다.

"그래서 그걸로 뭘 하는데?"

“두 개 찍으면 짱구네 슈퍼에서 돼지바 하나를 공짜로 먹을 수 있어요.”

“뭐……?”

처음 탐정사무소에 왔을 때, 아이들이 우르르 몰려나갔던 이유를 알 것 같았다.

‘아이들에게 사진을 나눠 주고 엘리자베스를 찾도록 했다는 거군.’

아인은 고개를 끄덕였다. 그리고 피식 웃었다. 이 아저씨 정말 꼬맹이들이랑 탐정놀이를 하고 있었던 거야? 그런 생각이 들자, 아인은 결국 소리를 내서 웃고 말았다. 그러자 아이가 아인을 올려다보았다. 그러거나 말거나, 아인은 언덕길 아래로 내려가기 시작했다. 그때쯤 다시 주머니 속 휴대전화가 떨기 시작했다.

아빠를 찾아서

기다려!

그 목소리만 몇 번째 반복해서 들렸다. 하지만 그러는 사이에도 물은 점점 더 차올랐다. 물이 허벅지 아래서 찰랑거렸고, 의자가 둥둥 떠다니기 시작했다. 할 수 없이 아인은 책상 위로 올라갔다. 허리를 펴자 머리가 천장에 닿았다.

아인은 살짝 허리를 굽혀 사방을 돌아보았다. 어찌 된 일인지 나갈 문은커녕 작은 창문조차 눈에 띄지 않았다. 한쪽 벽을 있는 힘을 다해 두드려 보았지만, 어떤 기척도 되돌아오지 않았다. 계속 똑같은 소리만 들렸다.

가만있으란 말이야!

살려 줘요, 제발. 아인은 자신도 모르게 중얼거렸다. 그리고 책상 위를 뛰어다니며 사방 벽을 두드렸다.

여기에 사람이 있어요! 거듭 외쳤다. 하지만 어느 쪽에서도 반응이 없었다. 아인은 발을 동동 굴렀다.

휴대전화를 꺼냈다. 엄마의 번호를 눌렀고, 받지 않아 아빠의 번호를 찾았다. 그마저도 마찬가지여서 언니의 번호까지 뒤졌다. 아니, 나중에는 선생님과 친구들 번호까지 눌러 댔다. 하지만 그 누구와도 통화가 되지 않았다. 안 되겠다 싶어서 아인은 112를 눌렀고, 119도 눌렀다. 그마저도 연결음만 길게 울릴 뿐이었다.

그러는 사이 물은 더 많이 차올랐고, 마침내 책상 위까지 올라왔다. 그리고 아인이 잠시 머뭇거리는 사이에 발목을 적시고 금세 무릎까지 닿았다.

어떻게 하지…….

하지만 아무리 생각해도 도무지 마땅한 방법이 떠오르질 않았다. 벽을 계속 두드렸지만 어디선가 계속 똑같은 소리만 들릴 뿐이었다.

가만히 있어.

어느새 허리를 지나 가슴까지 차오른 물은 차디찼다. 이가 부딪쳤고, 온몸이 부들부들 떨렸다. 아무리 참으려 해도 소용이 없었다.

문득 엄마가 보고 싶어졌다. 아빠가 떠올랐고, 언니의 얼굴도 생생하게 눈앞에서 어른거렸다. 그 순간 아인은 벌서듯 팔을 위로 들어, 쥐고 있던 휴대전화를 켜고 SNS 창을 열었다.

엄마, 아빠, 미안해. 그동안 너무 미안했어.

언니…….

그 몇 마디를 휴대전화 화면에 써넣는 동안, 가슴까지 차올랐던 물이 어느새 목 아래까지 차올라 왔다. 팔이 아파서 더 이상 휴대전화를 들고 있을 수가 없었다.

마침내 물이 턱과 입술을 지나 코와 이마를 덮었다.

크허헉!

아인은 숨을 몰아쉬면서 눈을 떴다.

"헉헉! 허어억!"

그러자 심하게 요동치던 심장이 조금씩 가라앉았다. 정말 물에 빠졌던 것처럼 온몸이 축축했다. 이상한 건 마치 묶여 있는 것처럼 몸이 움직이지 않는다는 것. 그래서 아인은 한동안 멍하니 천장만 바라보았다.

천장 한쪽이 바깥에서 새어 들어온 가로등 불빛으로 환했다. 꽃무늬였을 것 같은 벽지는 오래되어 그 형체가 온전히 보이지 않았다. 오히려 누렇게 변색된 자국만 선명하게 보였다.

비로소 아인은 여기가 어딜까 하고 생각했다. 하지만 알 수가 없었다. 무슨 일이 일어났는지 기억이 나지 않았다. 다만 정말 끔찍한 꿈을 꾸었다는 것밖에는……. 아인은 다시 한번 긴 숨을 내쉬었다. 그리고 또 깊이 들이마셨다.

그러자 방금 전까지는 느끼지 못했던 파스 냄새가 코를 찔렀다. 그것도 아주 가까이에서. 아인은 왼편으로 고개를 돌렸다. 아니, 틀림없이 그랬다고 생각했는데, 목이 돌아가지 않았다. 심한 통증만 왔고, 그 때문에 자신도 모르게 흐느끼듯 비명을 지르고 말았다.

"어우흐흐."

그러고 보니 목만 아픈 게 아니었다. 한쪽 뺨은 불이 나듯 얼얼했고, 이마의 통증도 심했다. 머리카락이 빠졌나 싶을 정도로 뒷머리가 아팠고 온몸이 욱신거렸다. 허리와 엉덩이, 가슴과 옆구리까지.

'뭐야? 무슨 일이 있었던 거야? 누구랑 싸웠……. '

순간, 아인은 섬뜩했던 꿈 뒤편에 숨어 있던 기억을 떠올렸다.

선자 언니의 얼굴이 먼저 눈앞에 아른거렸다. 아니, 선자 언니는 잠깐이었고, 뒤이어 선자 언니의 친구들이 떠올랐다.

엘리자베스를 쫓아다니느라 두 시간이나 늦어 약속장소에 갔을 때, 선자 언니는 벌떡 일어나 아인을 카페 흡연실로 데리고 갔다.

많이 늦은 걸 보니 단단히 준비해 오셨……. 그 말이 채 끝나기도 전에, 아인은 주머니에서 오천 원짜리 한 장과 천 원짜리 세 장을 꺼냈다. 그걸 보더니 선자 언니는 말을 멈추고 웃었다. 개그 프로라도 보는 것처럼 정말 깔깔댔다. 이게 돌았나 싶었는데 선자 언니의 오른쪽 옆에서 손이 날아왔다. 작은 키에 똥머리를 한 선자 언니의 친구 장미 언니였다.

이게 우리가 거진 줄 아나. 그러더니 뺨을 한 대 더 때렸다. 그리고 또 때렸다. 한쪽만 계속 때렸다. 일곱 대를 맞았을 때, 선자 언니가 말했다. 야, 그만해. 애 잡겠다.

그러더니 선자 언니가 다가왔다.

너, 언니들 재밌으라고 재롱 떠는 거지? 아인은 고개를 숙인 채 대답하지 않았다. 그냥 몇 대 더 맞으면 끝날 것이라 생각했다. 그래서 버텼다. 그런데 선자 언니가 귓가에 대고 말했다.

야, 있는 집 년이 왜 이래? 찌질하게. 네 언니 사망 보상금 나왔다며? 무슨 억대라고 그러는 거 같던…… 아인이 참은 건 거기까지였다.

야!

아인은 소리를 빽 질렀다. 그 바람에 흡연실 밖에 있던 손님들 몇이 이쪽을 쳐다보았다. 그걸 의식했는지 선자 언니가 아인의 입을 틀어막았다. 그러고는 말했다.

그래? 이렇게 나오시겠다, 이거지?

선자 언니는 아인의 뒷머리를 잡더니 흡연실 벽에 처박았다. 아인이 버둥대자 두어 번 더 아인의 머리를 벽에 찧었다. 마지막 세 번째는 아인이 머리에 힘을 주는 바람에 옆으로 미끄러졌고, 그 바람에 아인은 바닥에 넘어지고 말았다.

그런 아인을 선자 언니가 한 번 걷어차고 밖으로 나갔다. 뒤이어 장미 언니가 담배를 아인의 손등에 껐다. 그러고는 발로 밟았다. 아인은 숨이 탁 막혔다. 비명을 참느라 몸을 바짝 웅크려야 했다.

아인은 한참 만에 겨우 일어났다. 그러자 때를 맞추어 선자 언니가 다시 돌아와 말했다. 잘해. 앞으로 지켜볼 거야.

선자 언니가 나가고, 잠시 후 윤자가 그 뒤를 따라 나갔다. 그 뒤로 나이 든 아저씨가 들어와 담배를 꺼내 물더니 구석에 있는 의자에 앉았다.

세라가 휴지를 가져와 아인의 이마에 난 피를 닦고, 손등 위에서 꺼진 담배를 털어 주었다. 그런 다음 아인을 일으켜 세워 의자에 앉혔다. 옆에서 담배를 문 아저씨가 힐끗거렸다.

화장실로 달려가 거울을 보니 가관이었다. 한쪽 뺨은 벌겋게 부풀어 올랐고, 이마는 찢어져 있었다. 세라가 쫓아와 위로한답시고 연신 괜찮냐고 물었지만 아인은 대답하지 않았다. 얼굴을 대충 씻고 휴지로 닦은 다음, 카페를 나왔다.

집으로 향하는데 눈물이 났다. 한없이 눈물을 흘리면서 집으로 가는 언덕길을 올라갔다.

그러나 집으로 들어갈 자신은 없었다. 아인은 집을 지나쳐 동네를 몇 바퀴 돌다가 다시 언덕 꼭대기로 올라갔다. 그리고 시내의 야경을 바라보며 한참을 앉아 있었다.

자정 무렵에야 일어나 마을 길로 되돌아왔지만, 아인은 집으로 돌아가지 않았다. 터지고 깨진 얼굴로 엄마와 마주칠 수 없을 것 같았다. 물론 엄마가 집으로 돌아오기 전에 방에 들어가서 자는 체하면 그만이지만, 내일 아침이 걱정되었다.

아인은 또 마을을 몇 바퀴 돌았다. 그러다가 탐정사무소로 들어왔다. 다행히 문은 열려 있었고, 아저씨는 간이침대에서 코를 골며 자고 있었다.

아인은 소파에 누웠다. 이상하리만큼 마음이 편안해지면서 온몸이 나른해졌다. 그리고 잠이 들었다.

아인은 자신도 모르게 고개를 끄덕였다. 몸이 제대로 움직이지 않는 이유가 짐작되었다.

그런데 도대체 이 파스 냄새는 무얼까? 파스 말고 다른 약 냄새도 나는 것 같은데……. 손을 더듬어 보니 찢어진 이마에 밴드가 붙여져 있었다.

아, 그뿐만이 아니었다. 누군가 아인의 손을 만지고 있었다.

헉!

섬뜩한 생각이 들어서 좀처럼 움직여지지 않는 몸을 억지로 돌려 보았다.

아저씨였다. 아저씨가 소파 아래에 앉아 아인의 손바닥에 밴드를 붙이고, 손등에 연고를 살살 바르고 있었다. 순간 어릴 때 넘어져 무릎을 까고 온 아인을 치료해 주던 아빠가 생각났다. 꼭 저런 표정이었다. 하지만 곧 아저씨와 눈이 마주쳤고 아이는 자신도 모르게 눈살을 찌푸렸다.

"뭐, 뭐예요?"

하지만 생각한 만큼 목소리는 크지 않았다. 몸도 마음대로 움직이지 않았다.

"아프니?"

아저씨가 아인의 얼굴을 걱정스럽다는 듯 바라보며 말했다. 아인은 그런 아저씨를 마주 보았다. 아저씨가 눈을 가만히 껌벅거렸다. 안쓰럽다는 표정이었다. 그런데 그런 아저씨를 보고 있자니 부아가 났다.

그래서 아인은 퉁명스럽게 되받아쳤다.

"아프지, 그럼. 지금 내가 멀쩡해 보여요?"

그런 중에도 아저씨는 또 약 바를 곳이 없는지 살폈다. 아인은 억지로 몸을 일으켰다.

"아, 씨! 그만 좀 쳐다보라고요, 쫌!"

아인은 연고 바를 곳을 찾기 위해 허공을 맴돌던 아저씨의 손을 쳐냈다. 하지만 아저씨의 손은 한동안 다시 제자리로 돌아와 머뭇거렸다. 아인은 이번에는 말없이 아저씨의 손을 잡아 바닥으로 내렸다. 그제야 아저씨의 손은 더 이상 허공을 맴돌지 않았다.

아저씨도 아인도 한참 동안 말이 없었다. 아저씨는 소파 앞에서 엉거주춤하게 앉은 채 계속 아인을 쳐다보고 있었다.

아인은 아저씨로부터 몸을 돌렸다. 그리고 창 쪽을 쳐다보았다. 가로등 때문인지 창밖은 온통 주황빛이었다.

아인은 길게 숨을 몰아쉬었다. 무엇부터 어떻게 해야 할지 판단이 서지 않았다. 한숨을 쉬듯 깊은숨을 예닐곱 번 몰아쉬었다. 그러다가 문득 아인이 물었다.

"사람도 찾는다고 하셨죠?"

"어, 그건……."

엊그제 한 말 때문인가, 아저씨는 머뭇거렸다. 그래서 아인은 그냥 아저씨를 쳐다보기만 했다. 그러자 한참 만에 아저씨가 조심스레 되물어 왔다. 아주 멀쩡한 표정으로.

"누굴…… 찾는데?"

"아빠요."

아인은 서슴없이 대답했다.

"그래? 아빠가 집을 나갔어?"

"한 일 년쯤 됐어요."

"왜?"

"왜…… 이유가 있었겠죠."

거침없이 묻는 아저씨의 말에 아인은 잠시 뜸을 들였다.

"흠! 자세히 말해 봐."

"왜요? 찾아 주시게요?"

"혹시 모르잖아. 물론 사람은 고양이 찾는 것보다 비용이 많이 들지만…….”

거기서 아인은 아저씨의 말을 잡아챘다.

“돈을 받으시겠다고요? 경찰은 돈 안 받고 그냥 찾아 주는데요?”

“그래서 경찰이 찾았어?”

헐. 뭐지, 이 자신감은? 더하여 뭔가 말려드는 느낌까지. 이럴 때 보면 또 멀쩡해 보인다니깐. 아인은 자신도 모르게 고개를 홰홰 내저었다.

“그러니까 말해 봐. 아빠가 뭘 좋아했는지, 어디를 자주 갔는지 그런 거 말이야.”

“그…….”

아인은 입을 열었지만, 쉽게 말을 잇지 못했다. 아무리 떠올려도 생각나지 않았다. 어떤 음식을 좋아했는지, 드라마는 뭘 즐겨 봤는지, 옷은, 신발은…….

아인은 금세 고개를 저었다. 갑자기 이렇게 진지해지면 어떻게 해? 찾는다 해도 돌아올지 알 수 없는 일이고. 그런 생각이 들자, 아인은 말머리를 돌렸다.

“근데, 아저씨. 저번에 탐정 수칙 말이에요. 그거 어디에 나오는 말이에요?”

"……?"

"탐정 연합회(이런 게 있기나 한지 모르지만) 같은 데서 만든 건지, 아니면 혹시 탐정소설에라도 나오는 건지 궁금해서요."

"아니."

"그럼요?"

"내가 만든 거야."

"헐……."

어이가 없었다. 하긴 어쩨 내용이 허술하다 못해 뭔가 거짓말 같은 느낌이 들긴 했다.

"얼른 집에 가. 벌써 열두 시가 넘었어."

뜬금없이 아저씨가 일어나면서 말했다. 뭐지, 싶어서 아저씨를 쳐다보았다.

"어서 가라고. 엄마가 걱정하실 거 아니야."

"됐어요. 친구 집에서 자고 간다고 하면 돼요. 그리고 이런 비주얼로 들어가라고요? 이걸 보면 더 걱정할 거 같은데요?"

"그래도……."

"어차피 엄마 아직 안 오셨을 거예요. 한 시는 돼야 돌아오시거……."

"가! 집에 가라고! 집에서 엄마 아빠가 기다리시잖아. 기다리는 사람이 안 오면 얼마나 슬픈데."

아인이 변명하듯 말하자, 아저씨가 단호하게 말했다. 방금 전까지와는 달리 표정도 굳어 있었다. 참으로 종잡을 수 없는 양반이었다.

살짝 무서운 생각이 들어서 아인은 슬며시 일어났다. 뭔가 기분이 썩 개운하지 않았다. 그래도 별수 없었다. 아인은 사무실 문을 열었다. 그때, 아저씨가 등 뒤에 대고 말했다.

"대신 내일 아빠 찾아 줄게!"

그 말에 아인은 잠깐 걸음을 멈추었다. 그러나 뒤를 돌아보지는 않았다. 대신 콧방귀를 뀌듯 일부러 소리 내 말했다.

"쳇! 그러시든가요!"

아인은 엉거주춤한 자세로 계단을 내려왔다. 쑤시고 아픈 데가 많아서 영 걷기가 불편했다. 결국 아인은 건물 입구의 계단을 다 내려서지 못하고 그냥 털썩 주저앉았다.

"휴우!"

자신도 모르게 한숨이 나왔다. 아인은 왼쪽 어깨를 벽에 기댔다.

대각선 건너편의 짱구네 슈퍼는 막 셔터가 내려가고 있었다. 작고 뚱뚱한 아저씨가 셔터를 완전히 내리더니 두 손을 탁탁

털고 건물 뒤로 돌아갔다. 그러자 마치 기다렸다는 듯 흰 고양이 한 마리가 슈퍼 건물 오른쪽에 선 가로등 옆에서 나타나 슈퍼 앞을 지나갔다.

그리고 그 이후로는 마치 정지 화면처럼 시야에 움직이는 것이라고는 아무것도 없었다. 소리는 들렸다. 먼 곳에서 개 짖는 소리, 누군가를 부르는 소리, 매미 소리가 이따금 끼어들었다. 큰길 쪽 어딘가에서 자동차의 경적 소리도 들렸다.

하지만 잠시 후에는 그 소리마저 잦아들었다. 몇 번 눈을 감았다가 떴을 때는 가로등 불빛마저 조금씩 어두워지더니 어느 순간에는 아무것도 보이지 않았다.

딱 그즈음이었다.

"너 왜 여기서 졸고 있어?"

눈을 뜨자, 엄마가 탐정사무소 건물 앞에 서 있었다.

"아니, 얼굴엔 뭘 붙인 거야?"

엄마는 아인이 무어라 대꾸할 사이도 없이 또 물었고, 달려와 얼굴을 어루만졌다. 아인은 반사적으로 피했다.

"아무것도 아니야. 괜찮아. 조금 부딪쳤어."

"부딪치긴…… 엄마 또 학교 가야 해? 이번엔 얼마짜리야?"

"아니라니까!"

"아니긴! 아주 네가 학교를 다니는 건지, 내가 다니는 건지 모르겠다, 요즘에는."

아인은 어이가 없어서 피식 웃었다. 하긴 언니 때부터 학교를 들락거렸으니 이력이 났을 만도 하겠다는 생각이 들었다.

"시끄럽고. 얼른 집에나 가."

아인은 일어났다. 그리고 먼저 앞서 걸었다. 하지만 엄마는 따라오지 않았다. 돌아보니 아인이 앉았던 그 자리에 서 있었다.

"뭐 해?"

하지만 엄마는 아인의 말에 대꾸하지 않고, 성큼성큼 탐정사무소 입구로 들어갔다.

'뭐야? 저길 왜 들어가는 거야?'

구시렁거리면서 아인은 몇 걸음 따라갔다. 그러다가 입구에서 멈추었다. 그냥 기다리기로 했다. 뭐, 볼일이 있어서 갔겠지 하고 말았다. 아인이가 아르바이트를 잘하는지, 무슨 저지레를 치는 건 아닌지 등등의 말들을 늘어놓겠지. 엄마들이란 안 봐도 뻔하니까.

아인은 다시 입구 계단에 쭈그리고 앉았다. 그리고 길게 한숨을 내쉬었다. 사거리 아래 큰길 쪽을 한번 쳐다보았고, 문 닫은 짱구네 슈퍼도 쳐다보았다. 그러다가 길 한가운데를 휙 지나가는 고양이를 멍하니 쳐다보기도 했다.

'고양이?'

아인은 뒤늦게 정신을 차렸다. 방금 전에 고양이가 지나간 거 맞지? 무슨 색이었지? 까만색 아니었나? 코리안 숏 헤어? 뭐였지? 아, 씨! 낮에 놓친 그 검은 고양이였던 거 같기도 한데…… 헐! 이거 미친 거 아니야? 어떻게 방금 전에 사라진 고양이 색깔도 기억을 못 하는 거야? 내가 머리를 너무 심하게 두들겨 맞았나?

아인은 생각 끝에 일어났다. 그리고 고양이가 사라진 쪽을 쳐다보았다. 짱구네 슈퍼 왼쪽 옆 골목길 중간은 어두컴컴했는데, 그 골목길 끝에 주황색 가로등이 보였다. 아인은 골목 입구까지 걸었지만, 더 이상은 나아가지 않았다. 고양이가 나다닌 흔적도, 울음소리도 들려오지 않았으므로.

아인은 돌아서 탐정사무소 입구로 돌아왔다. 그때, 또다시 어디선가 고양이 울음소리가 들렸다. 얼른 고개를 돌렸다.

하지만 그걸로 끝이었다. 고양이 울음소리는 더 이상 들리지 않았다. 아인은 그래도 미련이 남아 주머니에 손을 넣고 제자리를 서성거렸다. 그러다가 피식 웃었다.

'뭐냐? 너도 탐정놀이에 그새 길들여지기라도 한 거냐?'

스스로를 다그치고 나자 웃음이 더 났다. 그래서 아인은 정신 나간 사람처럼 혼자 히죽댔다.

그러다가 문득 주머니 속에서 꼼지락대던 손끝에 무언가가 닿았다. 아인은 주저 없이 꺼냈다. 타로 카드 한 장과 오백 원짜리 동전 한 개였다.

뭐지? 싶었다. 타로 카드는 늘 하는 짓이니 그렇다 쳐도, 오백 원짜리 동전은 어떻게 남았을까? 선자 언니가 모두 가지고 간 거 아니었나? 아인은 쓴 침을 삼키고 동전을 주머니에 넣었다. 그리고 타로 카드를 내려다보았다.

'하필이면…….'

밧줄에 꽁꽁 묶인 남자가 눈까지 가려진 채 두려움에 떨고 있는 그림이 그려져 있었다. 카드의 이름은 '여덟 개의 검'.

'이 카드를 쥔 자는 아무것도 할 수 없어. 오로지 두려움에 벌벌 떠는 것 외에는. 여덟 개의 칼자루는 그에게 닥칠 고통이 그만큼 크다는 뜻이지. 하지만 두려움을 벗어날 수는 없어. 벗어나려고 발버둥 칠 엄두도 못 낼 거야. 지금 할 수 있는 건 그냥 현실을 똑바로 보는 일뿐이지.'

리딩에 대한 기억이 마치 누군가가 소리쳐 말하듯 쨍쨍하게 울렸다가 사라졌다.

"요즘에는 뽑는 카드마다……."

아인은 중얼거리며 종일 있었던 일들을 떠올렸다. 그러자 하루가 아주 진절머리가 났다.

"아이, 씨……."

허공에 대고 또 한 차례 욕설을 퍼부으려는데 탐정사무소 입구에서 엄마가 나왔다. 아인은 얼른 욕설을 목구멍으로 밀어 넣었다.

"뭐 하고 온 거야?"

아인은 엄마에게 다가가 물었다.

"알 거 없어. 어서 가!"

엄마가 퉁명스럽게 말하고는 앞서 걸었다. 아인은 딱 두 걸음 뒤에서 엄마를 따라갔다.

야트막한 언덕 위편에 술 취한 아저씨가 비틀거리며 걷고 있었다. 엄마는 갈지자로 걷고 있는 아저씨를 빠른 걸음으로 단숨에 따라잡았다. 그때까지 엄마는 아무 말도 하지 않았다.

조금 더 걸어서 완만한 계단이 나왔을 때, 엄마가 걸음을 멈추더니 몸을 홱 돌렸다.

"너 도대체 왜 이러는 거야?"

아인은 머뭇거렸다. 엄마의 질문을 잠시 헤아려야 했다. 그러자 엄마가 다시 물었다.

"왜 이러고 다니냐고, 응?"

"관심받고 싶어서."

아인은 엄마의 질문에 툭 던지듯 대답했다. 아니, 자신도 모르게 그냥 불쑥 튀어나왔다. 하지만 놀라지 않았다. 자신이 뱉은 말이라서가 아니라, 너무나도 자연스럽게 느껴져서 잠깐 동안 어떻게 대처해야 할지 몰라서였다.

"뭐?"

엄마가 짧게 되물었다. 그제야 아인은 '방금 내가 뭐라고 지껄인 거야' 싶었다. 하지만 주워 담기엔 너무 늦었다. 제 스스로 머리를 쥐어박고 싶은 생각이 들었다.

하지만 그마저도 못 하고 머뭇거리다가 이번에는 아인이 엄마에게 물었다.

"그러는 엄마는?"

"내가 뭘?"

"타로 말이야."

"……."

엄마는 입을 움찔대기는 했지만 아무 말도 하지 않았다. 아인은 이때다 싶어서 한마디 더 했다.

"언니 때문이겠지? 뭐, 다 알아. 그렇지만 이제 그만할 때도 된……."

"그만하다니? 뭘 그만해? 너도 그 부랄 터진 놈들이랑 똑같은 생각을 하는 거니? 어떻게 그런……."

엄마가 발끈했다. 그 때문에 아인은 입속으로 헉, 소리를 냈다. 그리고 재빨리 엄마의 말을 가로챘다.

"아, 아니야! 아니라고. 그 뜻 아닌 거 알잖아."

"그럼 뭔데?"

"아빠는 아빠대로, 엄마는 엄마대로 다 언니만 해바라기하고 있잖아. 도대체 왜 언니만……."

그 이상은 더 말하지 못했다. 또 엉뚱하게 말이 흘러갈 것 같은 생각이 들어서였다. 아인은 말을 멈추고 엄마 옆을 스쳐 집 쪽으로 걸었다.

잠깐 동안 엄마는 따라오지 않았다. 그러려니 했다. 아니, 차라리 잘되었다 싶은 생각도 들었다. 그래서 그냥 가던 길을 갔다. 하지만 계단이 끝날 즈음에서 멈추었다. 돌아보니 엄마는 여전히 그 자리에 서 있었다.

아인은 투덜거리면서 다시 엄마가 있는 곳으로 되돌아갔다.

"아, 왜? 응?"

"그럼…… 너?"

엄마는 아인이 묻자마자 마치 기다렸다는 듯이 말했다.

"뭐가?"

"너는 항상 다 알아서 잘……."

"큭큭, 그럴 줄 알았어. 그래, 알았어. 알아서 잘할게. 얼른 집에 가."

아인은 그렇게 말을 던지고 엄마의 팔을 끌어당겼다. 엄마는 말없이 이끌려 왔다. 이번엔 아인이 조금 앞서 걸었다.

잠시 후, 엄마가 바싹 좇아오며 물었다.

"너 그래서 이런 짓 하고 다니는 거니? 그래서 언니처럼 똑같이 이러고 다니는 거야? 미친년!"

"미친년은 또 뭐야? 딸한테?"

"맞잖아. 내가 틀린 말 했어?"

"뭐가 맞는데?"

"끊임없이 학교 가게 만들고. 이년아, 내가 고등학교에 복학한 줄 알았다."

"그만 좀 해."

"너야말로 그만 좀 해!"

엄마는 소리를 빽 질렀다. 그리고 먼저 문을 열고 집 안으로 들어갔다.

*

잠에서 깨니 두런거리는 말소리가 들렸다. 아인은 찬찬히 일어나 소리 나지 않게 문을 반 뼘쯤 열었다.

가장 먼저 브로콜리 머리가 보였다. 좁은 문틈으로 건너다 보이는 거실 한쪽에 등판이 넓고 굽은 아줌마가 앉아 있었다. 언뜻 보이는 옆모습으로는 짱구네 슈퍼 주인아줌마가 틀림없었다.

앉은뱅이 밥상을 마주하고 그 건너편에는 엄마가 있었는데, 안경을 콧등에 걸고 책을 뒤적거리면서 노트에 무어라 적고 있었다.

"헐……."

아인은 자신도 모르게 입 밖으로 내뱉었다. 그러고는 제풀에 깜짝 놀라 제 손으로 입을 가렸다. 소리가 밖으로 나간 것 같지는 않았다. 엄마는 여전히 노트에 무언가를 끄적거리고 있었다. 한참을 그러다가 엄마는 문득 소리를 높여 말했다.

"기다려! 뭘 해도 소득이 없어. 겉으로는 번지르르해 보이고

속도 깊어 보이는 항아리에 계속 물을 쏟아붓는데, 깨진 독이야. 최근에도 사기당했구먼. 그걸로 부부 금슬도 안 좋아지고. 아무것도 하지 마. 조금만 기다려 봐. 동쪽에서 지인이 나타나 깨진 독을 새 독으로 바꿔줄 거야."

그동안 짱구네 슈퍼 아줌마는 '어머나, 세상에! 족집게네, 족집게야!', '맞아, 맞아. 허구한 날 싸워!', '동쪽이면 어디여?' 같은 말들을 하면서 맞장구를 쳤다. 나중에는 사방을 두리번거렸다. 방향을 가늠하느라 그러는 것 같았다. 그 바람에 아인도 같이 사방을 두리번거렸다.

그나저나 엄마는 툭하면 동쪽에서 뭐가 온댄다. 하긴 엄마만 그런 게 아니지. 모든 점쟁이들이 꼭 말끝에 하는 말이 동쪽에서 귀인이 나타난다지……. 무슨 놈의 귀인은 늘 동쪽에서만 나타나는 거야? 동쪽에 무슨 귀인 집단 거주지라도 있는 거야?

그런데 그때, 아인은 문득 생각을 멈추고 자신도 모르게 살짝 몸을 떨었다.

'지금 내가 뭘 보고 있는 거지? 설마…….'

아인은 뒤로 살짝 물러났다. 그리고 재빨리 일어나 창 쪽으로 달려갔다. 활짝 문을 열어젖히고 길게 목을 빼 문 쪽을 내다보았다. 혹시 무슨 간판이라도 걸려 있지 않나 싶어서였다.

이사 오기 전에 살던 그 집에는 간판이 있었다.

미래 점집.

이건 뭐랄까, 지금 머리를 굴려 보아도 디스하기도 쉴드를 치기도 애매한 이름이었다. 아무튼 대문 한쪽 기둥에 한 팔 길이만큼 세로로 길게 붙여 놓은 간판이었는데, 흰 바탕에 빨간 글씨로 쓴 이름이었다.

그때 엄마는 아랫목에 병풍이 쳐 있는 안방에서 저렇게 손님을 받았다. 사람들이 꾸준히 드나들었던 것으로 보아, 엄마가 아주 돌팔이는 아닌 모양이었다. 그즈음, 아빠가 반백수였는데도 먹고는 살았으니까.

처음에는 그저 동네 할머니, 할아버지 들을 상대하더니, 점점 아랫동네와 큰길 건너 아파트 단지의 사람들도 오갔고, 언젠가부터는 조금 더 멀리서 온 사람들이 집 건너편 공터에 차를 대고 집까지 올라왔다.

그런데 언니가 입술이 터지고 팔뚝과 다리에 멍이 들기 시작한 것도 그즈음부터였고, 엄마 지갑에서 돈을 훔치기 시작한 것도 그 무렵이었다. 그런 일들로 언니가 엄마와 자주 싸우기 시작한 것도.

왜 엄마 가방에서 돈을 훔치니, 달라고 하지. 그럼 그냥 좀 주세요. 아무 말 말고 그냥 주면 안 돼요? 그래도 뭐에 쓸 건지는 알아야지. 아, 그런 건 엄마가 알 필요 없다고요. 아무리 그래도 한두 번이 아니잖니! 살려고 그래요, 제발……. 자는 척하고 누워 있긴 했지만, 아인이는 뒤섞여 들리는 엄마와 언니의 말을 똑똑히 들었다.

그리고 그게 언니 입장에서는 엄마 때문이라는 것도 알았다. 언니가 학교를 옮겨야 했으니까.

어느 날, 부리나케 언니의 학교를 들락거리던 엄마가 아빠한테 털어놓는 소리를 들었다. ……나 때문이에요. 아영이가 오래전부터 왕따였나 봐요. 그래서 아영이를 때리고 돈을 뺏고 했대요. 그런데 이번에는 아영이를 괴롭히던 아이들이, '네 엄마가 소문난 점쟁이라며? 시험 문제도 미리 알 수 있겠네?'라면서 답을 알아 오라고 했대요. 그래서 친구랑 둘이 모의고사 시험지를 훔치다가 들켰대요. 교장 선생님이 다른 학교로 전학시키라고…… 다른 나쁜 아이들이 겁을 주어서 그런 거라고 아무리 말해도 소용이 없어요. 그냥 조용히 끝내는 게 좋겠다고만 하시고. 우리 아영이가 맞고 따돌림당하고, 그런 일은 아이들끼리 종종 있는 일이라고…… 따로 처벌하지 않을 테니 학교의 명예를 생각해 달라고 하더라고요…….

그런 일이 있은 후 우리는 한 달 만에 이사를 했고, 언니도 학교를 옮겼다.

그 이후로 참 많은 게 달라졌다. 엄마는 더 이상 점집을 하지 않았고, 아빠는 택배 기사가 되었다. 언니도 더는 따돌림당하지 않았다. 오히려 언니는 새로 전학 간 학교에서 일진이 되었고, 이번엔 그 일로 종종 엄마가 학교에 불려 다니게 되었다. 참으로 어이없는 반전이었다. 물론 정확히 말하자면 지금의 아인이 그렇듯이 일진의 따까리였지만. 그런 생각이 들자 아인은 기분이 나빠졌다. 갑자기 침을 뱉고 싶은 생각이 들었다.

달라지지 않은 것도 있었다. 엄마와 언니의 싸움은 그치지 않았다는 것. 제발 정신 좀 차려. 이제 엄마도 그런 일 안 하잖아. 엄마야말로 나 좀 내버려 둬요. 옛날에는 잘도 그냥 두고 다니더니, 왜 그래요? 그때는 이유가 있었잖아. 무슨 이유에서든 나는 이런 일을 당했어요. 알아요? 그러면서 언니는 몸 곳곳에 난 크고 작은 흉터들을 내보이기도 했다.

아인은 언니가 죽은 후에야 그것들의 정체를 알았다.

언니가 죽고 나서 엄마는 방언을 토해 내듯 아인을 붙잡고 말했다.

엄마 아빠가 늬 언니한테 못할 짓을 했지. 언니가 아주 어렸을 때, 싫다는 걸 떼놓고 장사하러 나가느라…… 너야 애기라 둘러업고 다녔지만…… 그래도 혼자 잘 있을 줄 알았지. 아니, 그래도 혹시 몰라서 가두고 나가긴 했지만…… 그랬더니 그 사이에 문 열라고 발버둥 치다가 손가락 다치고, 혼자 라면 끓여 먹다가 데고, 창문 타 넘다가 다리 다치고…… 그런데 어쩌겠니? 다 먹고살려고 그런 걸…… 나중엔 안 되겠다 싶어서 둘 다 데리고 다니려 했지. 그런데 장사하면서 둘 보기가 만만치 않은 거야. 데리고 다녀 보니, 이리저리 뛰어다니는 통에 그게 더 위험하겠더라고. 차도로 뛰어들지를 않나, 지나는 자전거와 부딪쳐 넘어지질 않나…….

그 말을 들으면서 어렴풋이 떠오른 게 두 가지였다. 하나는 언니의 몸 곳곳에 난 크고 작은 흉터들, 그리고 또 하나는 '계란이 왔어요, 계란이 왔어요!'라는 소리가 끊임없이 나던 아빠의 트럭. 아인은 생각했다. '아, 내가 엄마의 등에 업혀 그 트럭을 타고 다니는 동안, 언니는 단칸방에 혼자 갇혀서 발버둥 치고 있었구나.'

아인은 잠시 침대에 주저앉아 생각했다. 도대체 또 무슨 일이 일어나려는 걸까? 언니가 죽었고, 아빠가 집을 나갔고, 엄마가 다시 점집을 시작했다. 더 나빠질 게 뭐가 있을까?

아인은 일어나 옷을 갈아입었다. 그리고 다시 바깥을 빼꼼 내다보았다. 엄마는 여전히 짱구네 슈퍼 아줌마를 앞에 두고 이야기 중이었다. 아인은 모자를 푹 눌러쓰고 살며시 방문을 열었다.

"그러니까 내 말 알았지? 언니 이름에 나무 목(木) 자가 두 개나 들었어. 그러니까 이름에 물 수(水) 들어간 사람을 만나야 한다고. 나무에 물을 주어야 잘 자랄 거 아니야? 알았……."

그러다가 엄마가 문득 고개를 들고 아인을 쳐다보았다. 얼결에 아인은 손을 들어 보이며 입 모양으로 말했다.

'알바!'

엄마는 잠시 아인을 뚫어지게 쳐다보았다. 아인은 엄마가 불러 세울까 봐, 꾸벅 인사를 하고 현관문을 지나 밖으로 나왔다. 그리고 엄마가 뒤쫓아 오기라도 할 듯 녹슨 대문을 열어젖혔다. 두어 걸음 재빨리 내디딘 후, 거기서 아인은 고개를 돌리고 대문을 쳐다보았다. 간판은 보이지 않았다.

아인은 언덕길을 걸어 내려갔다. 하지만 채 열댓 걸음을 걷지 못하고 멈추었다.

참으로 알 수 없는 일이 아닌가?

엄마는 점쟁이였고, 그것 때문에 언니는 따돌림을 당했고,

그래서 엄마는 일을 걷어치웠는데, 그동안 언니는 엄마의 타로 카드를 빼내 점쟁이 흉내를 내고 다녔다. 그랬다. 언니는 학교를 옮기고 나서 일진들과 어울리며 타로 점을 봐 주고 돈을 뜯어냈다. 그러다 걸리면 뺏은 게 아니라 복채라고 우겼고.

'휴! 복잡해.'

아인은 생각하다 말고 고개를 저었다. 중요한 건, 언니가 죽고 난 뒤 이번에는 엄마가 다시 점쟁이로 되돌아왔다는 것. 아인은 걸음을 멈추고 집 쪽을 돌아보았다. 그러다가 고개를 저었다.

'아, 씨! 몰라!'

아인은 고개를 가로저으며 언덕 아래로 내려갔다.

*

"가자!"

탐정사무소에 들어서자마자 아저씨는 대뜸 그렇게 말했다. 아인은 아무것도 묻지 않고 부스스한 머리를 맨손으로 빗어 넘기는 아저씨를 가만히 쳐다보았다.

아인이 아무 말이 없자, 아저씨는 웃으며 한마디 더 했다.

"아빠 찾으러!"

"네?"

"아빠 찾는다며?"

그러더니 이번엔 다짜고짜 아인의 손목을 덥석 잡아 이끌고 사무실 밖으로 나갔다.

아저씨는 아인이 무슨 생각을 정리도 하기 전에 계단을 훌쩍 뛰어내려선 짱구네 슈퍼 앞을 가로질러 갔다. 그리고 큰길로 나가는 완만한 경사진 길을 성큼성큼 걸었다. 도대체 무슨 생각으로 이러는 건지 알 수 없었다. 아인은 머릿속에 떠오르는 것들을 이것저것 헤아리느라, 한참의 시간이 지나서야 여전히 아저씨가 자신의 손목을 붙잡고 있다는 것을 깨달았다.

"아, 좀! 손 좀 놓고 걸으면 안 돼요?"

"왜? 아빠들은 다 이렇게 하는 거 아니야?"

결국 그거였어? 치매 걸린 노인의 아들 노릇을 해 주더니, 나한테는 아빠 노릇을 해 주겠다는 거였어? 그 바람에 또 아빠 생각이 났다. 어릴 때, 아빠에게 놀이공원에 가서 목마를 타고 싶다고 했더니 방바닥에 엎드려서 등에 올라타라 했고, 자전거를 타고 싶다고 했더니 이번에는 발랑 누워 양발을 들어 올려 그 발바닥 위에 앉으라 했었다. 그러고는 따르릉따르릉 비켜

나세요……. 그때도 아인은 짜증이 났다.

"어떤 아빠와 딸이 이렇게 손을 잡고 걸어요?"

아인은 아저씨의 손을 홱 뿌리쳤다. 하지만 그럼에도 불구하고 아저씨는 아인의 옆에 바짝 붙어 걸었다.

"좀 떨어져 걸으라고요!"

"어…… 그런 거야?"

아저씨는 머쓱해 하며 두어 발자국 뒤로 물러났다. 그런 채로 큰길로 나섰고, 큰 사거리를 지났다. 그런 동안, 아저씨는 아인이 빨리 걸으면 서둘러 쫓아왔고, 멈추면 덩달아 우뚝 서서 주위를 두리번거렸다.

"아, 씨, 아빠 찾아 준다면서요? 어디에 우리 아빠가 있는데요?"

이미 눈치를 챘으면서도 아인은 투정을 부리듯 물었다.

"어, 저 그게……."

"뭐요?"

아인은 짜증 섞인 목소리로 물었다.

"햄버거, 아니 피자 먹으러 갈까? 아님, 치킨은 어때? 혹시 떡볶이는……?"

"내가 초딩이에요? 아빠랑 같이 피자를 먹으러 가게?"

"그럼 놀이공원 갈까?"

"뭐래, 진짜! 아니, 아빠 없는 애들이 하나같이 아빠랑 손잡고 떡볶이 먹으러 가고, 놀이공원 가고 싶어 하는 줄 알아요? 더구나 고딩씩이나 돼서?"

마치 게정거리기라도 하듯 뱉어 낸 말에 아저씨는 당황한 듯했다. 뜨거운 햇볕 때문이기도 했겠지만, 얼굴이 방금 전보다 더 붉어진 듯했다. 아인은 잠깐 미안한 생각이 들었다. 그래도 별수 없었다. 무슨 애들 만화영화에 나오는 것처럼 아빠 없는 딸과 딸 없는 아빠가 서로 아빠와 딸 역할을 하며 눈물 찔끔 흘리는 신파를 찍을 수는 없지 않은가?

아인은 뜨거운 햇볕을 피해 가로수 아래로 몸을 숨겼다. 하지만 아저씨는 여전히 보도 한가운데서 뭔가에 쩔쩔매는 듯한 표정으로 서 있었다. 그 모습이 꽤나 가년스러워 보였다.

잠시 후, 아저씨가 아인 쪽으로 두어 걸음 다가와 물었다.

"그럼, 어떻게 하는 건데?"

"하……."

아저씨의 물음에 아인은 화부터 났다. 더워서 더 그랬는지도 몰랐다. 아인은 아저씨를 외면하고 가로수에 기댔다. 자동차 한 대가 시커먼 매연을 내뿜으며 지나갔다.

아인은 아저씨를 향해 고개를 돌리고 물었다.

"아저씨는 딸 없어요?"

"모, 몰라…… 있었나? 아니…… 없었나?"

"헐……."

떠듬적거리는 아저씨의 말에 아인은 고개를 저었다.

한동안 아인은 가로수 그늘 아래서, 아저씨는 여전히 보도 한가운데서 잔뜩 인상을 찌푸린 채 서성댔다. 슬쩍 엿본 아저씨의 뺨에 땀이 흘러내리고 있었다. 아인은 아저씨를 가로수 그늘 아래로 밀었다. 아저씨가 어색하게 히죽 웃으며 땀을 닦았다.

한참 만에 아인은 아저씨에게 물었다.

"아저씨는 뭘 하고 싶은데요?"

"……."

"딸이 있다면 뭘 하고 싶으냐고요. 떡볶이 먹고, 피자 먹고, 그런 거요?"

아저씨는 대답하지 못하고 아인의 눈치만 보았다. 주뼛거리면서 말을 할 듯하다가 못 하고 다른 데를 쳐다보곤 했다.

약간의 시간이 지난 후, 아저씨가 말했다.

"딸…… 있었던 거 같아."

"네?"

"딸 말이야. 여기저기 가자고 막 졸랐는데…… 어릴 때 말이야, 요만 했을 때……."

아저씨는 손으로 자신의 허리께를 짚으며 말했다. 아인은 대답하지 않고 지켜보기만 했다.

"자전거…… 자전거를 타고 싶어 했어."

"자전거요? 설마 이 땡볕에?"

실큼한 생각에 목소리가 생각보다 크게 울려 나왔다. 그런 아인의 말에 아저씨는 '뭐가 어때서?' 하는 표정으로 아인을 쳐다보았다. 아인은 아무래도 잘못 물었다는 생각을 지울 수가 없었다. 하지만 이미 아저씨의 표정은 '해 줄 거지?'라고 묻고 있었다.

'아, 진짜. 그런 눈빛으로 쳐다보면 날 보고 어쩌라고요!'

아인은 고개를 절레절레 흔들었다. 그리고 다시 땡볕으로 나섰다. 순간, 아저씨의 얼굴이 살짝 펴졌다. 그리고 앞장서 걷기 시작했다.

아저씨는 휴대전화 상점과 피자집 사이의 골목으로 들어갔다. 아까보다 훨씬 가볍고 빠른 걸음으로 저만치 앞서갔다. 그러다가 잠깐씩 뒤돌아보는 것도 잊지 않았다. 마치 잘 오고 있느냐고 묻는 듯한 표정으로. '가요, 간다고요.' 아인은 아저씨가 돌아볼 때마다 속으로 그렇게 말했다. 그러면서 쫓아갔다.

골목이 끝나자 뚝방 길이 나왔고, 계단을 따라 그 위로 올라 걸어가자, 아래쪽으로 하천 고수부지가 나타났다. 오른쪽 저편 아래에 파란색 파라솔이 몇 개 보였다. 아저씨는 서슴없이 그 쪽을 향해 내려갔다. 아인은 도살장에 끌려가는 소처럼 천천히 뒤를 따랐다. 하지만 아무리 애를 써도 잔뜩 인상 쓴 얼굴이 펴지지 않았다.

먼저 파라솔에 도착한 아저씨가 자전거 한 대를 빌려 왔다. 아저씨는 그것을 막 고수부지에 내려선 아인 앞에 가져다 댔다.

"타!"

"네? 나만요?"

"응. 난 뒤에서 붙잡아 줄게. 넌 자전거 탈 줄 모르잖아."

헐! 내가 언제 그런 말을 했다고? 난 자전거 잘 타거든요! 아인은 어이가 없다는 듯 아저씨를 바라보았다. 하지만 아저씨는 웃으며 안장을 손으로 툭툭 두드렸다.

'뭐지? 이제 자전거 못 타는 딸 노릇도 해야 한다는 거야? 역할극이야, 뭐야! 각자의 배역은 이미 주어졌으니 그저 시키는 대로만 하면 된다?'

아인은 뭔가 잘못되고 있다는 생각이 들었다. 하지만 여기까지 와서 무얼 어쩌랴 싶었다. 아인은 자전거 안장에 엉덩이를 올렸다.

"앗, 뜨……!"

아인은 자신도 모르게 소리를 질렀다. 안장이 뜨끈뜨끈했다. 조금 시간이 지나서야 겨우 앉을 만했다.

아인은 자세를 잡고 앉았다. 오른쪽 발을 페달에 놓고, 왼쪽 발끝으로 땅을 짚었다. 그러자 아저씨가 뒤로 가 자전거를 붙잡았다.

"땅에서 발을 떼 봐. 얼른! 아빠가 붙잡고 있으니까, 염려 말고!"

아빠? 그랬다. 마침내 연극이 시작되었다.

아인은 발을 떼었다. 그리고 아저씨, 아니 아빠가 시키는 대로 페달에 힘을 주었다. 그러자 페달을 밟은 힘 이상으로 자전거가 앞으로 쭉 나아갔다.

"넘어지는 쪽으로 핸들을 돌려. 알았지? 넘어지려 한다고 발을 떼지 말고, 페달은 계속 밟아."

"……."

"넘어지지 않아. 넌 할 수 있어. 걱정하지 마, 아빠가 항상 뒤에서 지켜줄 거니까."

"……!"

칫, 결국 신파였군! 근데, 이게 뭐야? 아빠를 찾아 준다더니, 내가 딸을 찾아 준 거 아니야? 하, 씨이. 무슨 열일곱 살 인생이 이렇게 막장이냐? 아인은 별의별 생각이 다 들었다.

그런 중에도 아저씨, 아니 아빠는 끈질기게 뒤에서 자전거를 잡아 주었고, 아인은 조금 타다가 넘어지는 척하곤 했다. 그러면 또 아저씨가 붙잡으며, '괜찮아, 괜찮아. 아주 잘했어. 아빠가 있으니까, 걱정하지 마!'라고 말했다. 이걸 수도 없이 반복했다. 햇볕이 뜨거워 자동차도 거의 없는 빈 주차장에서. 누가 보고 있으면 아마도 '저것들이 힘이 남아도나 보다' 했을 거였다.

나중에는 정말 입에서 단내가 났다. 그런 중에도 아저씨는 껄껄 웃었고, 얼굴과 목에 땀이 흘러내리는 것도 모른 채, 아인이 넘어지면 일으켜 세워 흙을 털어 주며, 수시로 이마의 땀을 쓸어 주었다. 반복해서 등을 토닥이며, '꽤 잘하는데, 우리 딸!' 같은 말도 잊지 않았다.

결국 한 시간 만에 팔과 다리가 빨개졌다. 허벅지 안쪽이 뻐근했고, 종아리에 쥐가 났다. 하지만 그런 뒤에도 삼십 분이나 더 자전거를 타고 나서야 연극의 1막은 막을 내렸다.

그랬다. 거기까지는 1막에 불과했다. 2막은 먹방이었다.

"배고프지?"

이십 분 정도를 쉬고 나서 아저씨가 말했다. 가만히 표정을 보니 그냥 묻는 게 아니었다. 답은 이미 정해져 있으니, 너는 그냥 '네'라고 대답만 하면 된다는 표정. 그래서 가만히 있었다.

아니나 다를까. 아저씨는 벌떡 일어나더니 아인의 손을 잡아 일으켰다. 그러더니 왔던 길을 부지런히 되돌아갔다. 그리고 처음 땡볕을 맞으며 서 있었던 길가의 피자집으로 들어갔다.

"토마토 앤 치즈 피자!"

어라? 이건 또 무슨 경우람? 아니, 아빠 노릇 해 준다고 왔으면 뭘 먹을지 물어봐야 하는 거 아닌가? 메뉴판도 혼자 보더니 난데없이 토마토 피자라니?

'난 토마토 싫어한다고요! 토마토는 언니가 좋아했던 거라고요.'

젠장, 언니를 데려올 수도 없고. 아인은 차마 말을 하지는 못하고 어이없는 표정으로 아저씨만 쳐다보았다.

아저씨는 아인의 기분을 아는지 모르는지 싱글벙글 웃었다. 별수 없었다. 그냥 주는 대로 조용히 받아먹는 수밖에. 하긴 옛날에 아빠도 그랬다. 항상 뭘 사 달라고 하면, '주는 대로 먹기나 해'라고. 어른들은 다 이런 식인가 보다.

하지만 아인이 더 맘에 안 든 건 그게 아니었다. 피자를 먹다가 치즈나 소스가 입가에 묻을 때마다 물휴지로 닦아 주질 않나, 나중에는 피클을 입에 넣어 주기까지 했다. 심지어 손으로!

'와, 씨! 제발 그만 좀 하시죠? 내가 무슨 초딩도 아니고, 쳐다보는 눈도 있잖아요!'

아인은 아저씨의 손길을 피했다. 그러자 아저씨는 씩 웃으면서 고개를 끄덕였다. 괜찮으니까, 어서 먹으란 표정으로. 하아, 저 촉촉한 눈빛 좀 보소. 아인은 기운이 빠졌다. 하는 수 없이 아인은 입을 반쯤 벌렸다.

그러자 피클 하나가 입안으로 쏙 들어왔다. 그것을 질긴 고무 씹듯 질겅거리며, 아인은 아저씨 어깨너머의 테이블을 쳐다보았다. 대학생쯤 되어 보이는 검은 뿔테 안경을 쓴 언니 하나가 아인과 눈이 마주치자, 얼른 고개를 돌렸다.

다행히 더 이상 아저씨는 피클을 권하지 않았다. 그냥 계속 빙그레 미소 짓기만 했다.

하지만 이것이 끝이 아니었다.

이번에도 아저씨는 어딜 간다는 말도 없이 아인의 손을 덥석 잡아 이끌어서는 아이스크림 가게로 들어갔다. 물론 메뉴도 미리 준비라도 해 온 듯 제멋대로 시켰다.

여기까지는 그러려니 했다. 그런데 아저씨의 행동은 더 대담해져서, 맨손으로 아인의 입가에 묻은 아이스크림을 닦더니 자신의 손에 묻은 아이스크림을 입으로 쪽쪽 빨아먹기까지 했다.

'헐! 지금 내 멘탈이 어디까지 견딜 수 있는지를 시험하는 거야?'

아인은 더 참지 못하고 말했다.

"더럽게 그게 뭐예요?"

그래도 아저씨는 웃기만 했다. 제 앞에 놓인 아이스크림이 다 녹고 있어도 아저씨는 아인의 먹는 모습만 내내 바라보았다.

다행히 연극의 2막은 거기서 끝났다. 하지만 2막이 닫히는 순간 3막이 시작되었다.

"이제 뭐 할까?"

아이스크림 가게에서 나오자마자 아저씨가 물었다. 아인은 대답하지 않았다. 뭘 또 해야 한다는 게 부담스러워졌다. 뭐지? 아빠를 찾아 준다더니, 아빠는 개뿔. 내가 딸 찾아 준 거 아니야? 이런 생각이 들자, 좀 어이가 없기도 했다. 물론 아저씨가 온전한 정신이었다면 일어날 일이 아니었지만. 아인은 어느새 네온사인으로 가득해진 먹자골목 거리를 바라보면서 한숨을 길게 내쉬었다.

"음…… 어, 음……."

아저씨는 사방을 두리번거렸다. 아인이 말했다.

"이제 그만 돌아가요. 벌써 어두워졌……"

하지만 아인이 그 말을 채 끝맺기도 전에 아저씨가 말을 잘랐다.

"생각났다. 노래방 가자."

"네? 어디요?"

아인은 물었다. 하지만 아저씨는 대답도 하지 않고 아인의 손목부터 잡아끌었다. 아저씨가 달려 나가는 길 저 앞에 노래방 간판이 보였다. 아인은 갈수록 태산이라는 생각이 들었다. 하지만 이번에도 도살장에 소 끌려가듯 가는 수밖에 없었다.

"아저씨 딸이 노래 잘했어요?"

노래방 계단을 내려가며 아인이 아저씨에게 물었다. 하지만 아저씨는 대답하지 않고 고개만 끄덕였다. 그래서 또 물었다.

"아저씨 딸이 노래방 가고 싶어 했어요?"

"아니, 드라마에 나왔어."

"네? 아저씨가 본 드라마에 아빠와 딸이 노래방 가서 노래를 부른 거예요?"

"응! 둘이 팔짱을 끼고 노래를 불렀어. 아, 맞다. 아빠가 노래를 부르고, 딸이 탬버린을 쳤어. 그걸 보고 우리 딸이 나한테 자기도 가고 싶다고 했거든. 아주 옛날에 말이야."

순간 아인은 헉하고 소리 낼 뻔했다. 잠시 후에 벌어질 상황이 그려졌기 때문이었다. 아저씨가 번호를 누른다. 도입부 음악이 나오고, 아저씨가 나를 끌어당긴다. 그리고 다정히 손을 잡고 노래를 부른다. 이따금 서로 눈빛을 교환한다. 아, 그다음 노래는 좀 신나는 곡이다. 아저씨는 돼지 멱따는 소리로 화면 앞을 뛰어다니고, 나는 탬버린을 치면서 같이 어우러진다…….

아오! 이게 무슨 족보에도 없는 삼류 막장 드라마지? 아직 일어나지도 않은 일에 아인은 기가 막혀 어쩔 줄을 몰랐다. 그 때문에 노래방 문 앞에서 아인은 버팅길까 싶어 잠시 망설였다. 하지만 채 그러기도 전에 아저씨는 아인의 등을 떠밀었다.

그런데 그때였다. 막 문을 밀고 들어간 순간, 누군가와 마주치면서 어깨를 살짝 부딪쳤다. 옆으로 피하고 돌아보니 거기에는 윤자가 서 있었다. 아니, 윤자만이 아니었다. 장미 언니도 그 옆에 나란히. 또 그 뒤로는 투 블럭 머리의 남학생 두 명까지.

"너……"

윤자가 먼저 입을 떼었다. 하지만 더 이상 말을 잇지는 못했다. 아저씨가 아인의 손을 잡아끌었기 때문이었다. 그러자 윤자와 장미 언니는 처음에는 아인을, 그리고 나중에는 아저씨를 위아래로 훑어보았다. 그러더니 무슨 의미인지 고개를 끄덕이면서 말했다.

"그런 거였어?"

"무슨……?"

장미 언니 말에 아인은 무슨 말이냐고 입을 떼었지만, 마침 아저씨가 손목을 잡아당겼다. 아인은 하는 수 없이 끌려갔다. 얼핏 돌아보니 장미 언니가 묘한 표정을 짓고는 문밖으로 나갔다.

아인은 아저씨의 손에 이끌려 캄캄한 방 안으로 들어갔다. 왜인지 알 수 없었지만, 기분이 더러웠다. 하필 이런 데서……. 아인은 자신도 모르게 바닥에 침을 뱉었다.

나의 아저씨

엄마의 타로 하우스는 해물탕집과 청바지 전문점 사이에 끼어 있었다. 두 건물 사이에 컨테이너 박스를 놓고 만든 임시 건물이었는데, 지상으로부터 일 미터 좀 안 될 만큼 허공에 떠 있어서 말 그대로 끼어 있는 것처럼 보였다. 네모난 입구에는 전체를 빙 둘러 깜빡이 전구를 켜 놓아서 시선을 끌었지만, 한편으로는 무슨 술집 느낌도 났다.

건물 위쪽과 입구 계단 앞에는 다음과 같이 적힌 입간판이 서 있었다.

언니네 타로 사주.

조금 더 다가가자 유리문 안에 두 명의 마스터가 있었다. 한 명은 주피터, 한 명은 마르스라 불렸다. 엄마의 별명이 주피터였다.

아인은 안으로 들어가지 않고 잠시 바깥을 서성거렸다. 타로 하우스 안에 손님들이 있어서였다. 주피터 앞에는 남녀 한 쌍이, 마르스 앞에는 삼십 대로 보이는 여자 둘이 앉아 있었다.

이 시간대에는 한가하다더니…….

아인은 안을 힐끗거리면서 투덜거렸다. 무엇보다 오늘 엄마가 오락가락한 게 마음에 들지 않아서였다.

엄마의 첫 메시지는 막 탐정사무소 앞에 다다랐을 때 도착했다.

아빠가 시청 앞에 나타났대. 얼른 가 봐.

마침 탐정사무소에는 아무도 없었다. 문도 잠겨 있었다. 그래서 일단 시청을 향해 방향을 잡았다. 가는 도중에 엄마는 늘 그랬듯이 두 번이나 '잘 가고 있지?' 라는 메시지를 보내왔다. 그래서 아인은 짧게 '응' 하고 답장을 해 주었다.

시청 앞에 도착했지만 아인은 아빠를 찾을 수 없었다. 이전처럼 엄마는 '시청 앞 광장에서 시위하는 사람들 틈에 끼어 있대'라는 메시지를 보냈고, '광장으로 옮겨 갔단다'라는 메시지를 보냈고, 그때마다 아인은 계속 여기저기 옮겨 다녀야 했다. 슬슬 짜증이 치밀어 오를 무렵, 엄마가 또다시 메시지를 보내왔다.

민재 아저씨가 아빠랑 같이 있대. 너는 일단 이쪽으로 와!

아인은 엄마에게 전화를 했다. 그랬더니 엄마는 '내가 일이 있어. 그러니까 잔말 말고 와!'라고 했다. 알바는 어떻게 하느냐고 물으려 했는데, 듣지도 않고 끊어 버렸다.

무슨 똥개 훈련시키는 것도 아니고……. 투덜거리면서도 아인은 방향을 바꾸어 부리나케 달려온 거였다.

아인은 조금 더 기다려야 했다. 남녀 한 쌍이 나가고 곧바로 또 다른 남녀가 들어갔기 때문이었다. 아인은 숨을 몰아쉬면서 타로 하우스 앞 계단에 주저앉았다. 그리고 휴대전화를 꺼내 음악 앱을 열고 이어폰을 귀에 꽂았다.

노래를 들으며 고개를 까닥이고, 다리를 떨기도 했다. 그러면서 타로 하우스 앞을 지나가는 사람들을 쳐다보았다. 커플이 지나고, 커플 뒤에 또 커플, 아저씨들 무리, 그 뒤에 나이 든 아저씨와 아줌마, 고딩들, 또 커플, 커플…….

그들은 옷가게로, 떡볶이집으로, 커피숍으로, 화장품 가게로, 피시방으로, 바로 옆 해물탕집과 청바지 전문점으로 들어갔다. 물론 그러는 사이, 타로 하우스에도 여자들이, 그리고 또 커플이 들어가고 나왔다.

그런데 어느 순간, 귀에 낯익은 노래가 나왔다. 오래전부터 알던 노래는 아니었고, 며칠 전에…… 헉! 아저씨가 노래방에서 부르던 아이돌의 노래였다.

제목이 〈첫눈〉이었다. 엑소 오빠들의 노래. 세상에 그 노래를 부를 생각을 하다니! 순간적으로 아인은 고개를 세차게 가로저었다. 기억해 내고 싶지 않았다.

바로 그때, 노랫소리를 뚫고 뒤쪽에서 외치는 소리가 들렸다.

"주아인! 뭐 하고 있어? 야! 주아인!"

얼른 이어폰을 빼고 돌아보니 허 마스터, 아니 엄마가 입구에 서 있었다. 아인은 벌떡 일어나 계단을 훌쩍 걸어 올라갔다.

먼저 타로 하우스 안쪽으로 들어간 엄마는 벽 쪽 커튼을 젖히고 뭔가를 찾는 듯 계속 부스럭거렸다. 아인은 파란빛이 도는 사방의 벽지를 훑어보다가 엄마의 타로 테이블을 내려다보았다. 그것도 새파랬다. 뭐야, 온통 파랑잖아? 물론 엄마는 신비로운 느낌을 주느라 그런 거겠지만, 영 마음에 들지 않았다.

파란색만 보면 답답해지면서 숨이 막히는 기분이 들었다.

그런데 그때, 아인은 그 테이블 한쪽에 있는, 한눈에도 낡고 허름해 보이는 타로 덱 하나를 발견했다. 그건 언니가 오랫동안 품고 있던 덱이었다. 아인은 반사적으로 눈살을 찌푸렸다.

고개를 돌려 아인은 또 두리번거렸다. 한쪽 벽에 걸린 커다란 액자가 눈에 들어왔다. 황금색 테두리의 액자였는데, 그것도 촌스럽기가 이를 데 없었다.

The Star.

그 글자가 맨 아래에 적혀 있었고, 한가운데는 벌거벗은 여자가 물웅덩이와 그 옆쪽의 땅에 물을 흘려보내고 있었다. 머리 위에는 큰 별이 떠 있고, 그 주위를 잔별들이 감싸고 있는……. 그러고 보니 타로 카드 한 장을 크게 그려 액자에 담은 것이었다.

'왜 하필…… 엄마는 아직도 언니에 대해서 희망을 갖고 있는 거야?'

아인은 속으로 중얼거렸다. 그런데 그때, 막 커튼을 닫고 나오며 엄마가 말했다.

"희망을 갖고 있으나, 오로지 그 희망에만 기대지 않으려는 거야."

"내가 뭐라고 할 줄 알고 그렇게 말해?"

아인은 엄마의 말이 뜻밖이어서 되물었다.

"넌 틀림없이 이 카드를 희망이라고 리딩할 거야. 그렇지?"

"……."

아인은 아무 말도 하지 않았지만, 얼결에 고개를 끄덕일 뻔했다. 그걸 눈치챘는지 엄마가 재빨리 치고 들어왔다.

"그런데 꼭 그렇지만은 않아. 이 카드는 다른 한편으로는 희망에 대한 경고이기도 해. 여자가 물이 아닌 땅을 밟고 있거든. 이 카드에서 물은 막연한 기대이지. 즉 여자처럼 현실, 그러니까 땅을 밟고 노력하지 않으면……."

"알았어. 그만해."

아인은 엄마의 말을 끊고 고개를 절레절레 흔들었다. 마치 잔소리처럼 들려서였다. 다행히 엄마는 더 이상 말하지 않았다. 대신 손에 들고 있던 걸 내밀었다.

하나는 케이크 상자였다.

"그거……."

"잔말 말고 가져가. 오늘은 다투지 말자. 그리고…… 오늘 아니고 내일이야."

그랬구나. 내일이 언니 생일이었구나. 아인은 자신도 모르게 고개를 끄덕였다. 그러자 엄마가 또 다른 한 손에 들고 있던 쇼핑백을 내밀었다.

"이건 뭐야?"

아인은 케이크 상자를 엄마의 타로 테이블 위에 내려놓고 쇼핑백을 열어 보았다. 남자의 것이 분명한 셔츠 세 장과 바지 두 벌이었다.

"아빠 거야! 저 아래 옷가게에서 폭탄 세일하고 있어서 샀어."

엄마는 변명하듯 말했다.

"칫, 눈앞에 있는 딸은 안 챙기고 없는 사람들 것만 챙기냐? 나도 확 집을 나가던가……."

"이년이……."

엄마는 손을 들었다. 하지만 더 이상 무어라 말하지 못했다. 타로 하우스의 문이 열리면서 막 커플 한 쌍이 들어왔기 때문이었다.

엄마가 낮은 소리로 말했다.

"오늘 엄마가 어딜 들렀다가 가야 해. 그거 가지고 먼저 가."

아인은 케이크 상자와 쇼핑백을 들고 쫓기듯 타로 하우스를 나섰다. 주머니에 넣어 둔 휴대전화가 부르르 떨었지만 받지 않았다. 귀찮았다. 대신 떨리기를 멈출 때까지 기다렸다가 음악을 틀고 이어폰을 귀에 꽂았다. 그리고 걸었다.

아인은 버스 정류장 쪽으로 향했다. 한 번에 갈 수 있는 버스를 타야지 싶었다. 더 먼 길로 돌아갈 테고 길이 막힐 게 뻔했지만, 그게 더 편할 것 같았다.

밤인데다가 주말이어서인지 버스는 아주 한산했다. 아인은 일부러 맨 뒷자리에 앉았다. 구석진 느낌도 났고, 잠을 자기에 편해서였다.

하지만 잠은 오지 않았다. 자꾸만 엇그제 노래방에서의 일이 떠올랐다. 그것만 아니라도 잠이 좀 올 것 같은데, 생각을 밀어내고 밀어내도 자꾸만 머릿속에 더 깊게 들어와 박혔다.

사실 그날, 아저씨가 미친 줄 알았다. 엑소 노래라니? 그 훈훈한 오빠들의 노래를……. 아니, 노래야 그렇다 치고. 안무는 왜 따라 하는데? 무슨 약을 잘못 먹으면 그렇게 온전히 미치는 걸까?

처음에는 뽕짝이나 오래된 노래 몇 곡 부르고 말 줄 알았다. 아니, 부르긴 했지. 아인에게 '네 아빠가 무슨 노래 좋아했지?' 라고 묻길래, '뭐더라? 삐릿삐릿 파랑새는 갔어도…… 하는 노래인데, 제목은 모르겠어요' 했다. 사실 아빠의 낡은 택배 트럭에는 이문세 시디밖에 없었다. 그것도 좀 웃기긴 했다. 요즘 같은 때에 시디라니. 가끔 아빠가 쉬는 날이면 택배 트럭을 타고 놀러 갔는데, 아빠는 집을 떠나 다시 돌아올 때까지 오로지 이문세 노래만 들었다. 특히 '삐릿삐릿 파랑새' 부분을 부를 때는 목청이 찢어져라 따라 부르곤 했다. 그 노랫소리를 들을 때마다 아인은, '저토록 최선을 다하기도 쉽지 않은데'라고 생각했다.

아저씨는 아인의 말에 단박 고개를 끄덕이고 재빨리 번호를 찾아 눌렀다. 그러고는 중간중간 이문세의 목소리까지 흉내 내려고 애썼다. 그 와중에 모창 욕심이라니! 〈알 수 없는 인생〉인가 하는 노래를 부를 때는 마이크를 든 채 머리 위로 손뼉을 치며 아인에게 눈치도 주었다. 그것도 모자라 탬버린까지 건넸다.

그래, 그 정도까지는 경로 우대 차원에서 얼마든 협조할 수 있었다. 뽕짝도 아니고 이문세 아닌가? 비록 원로 가수이긴 하지만, 무슨 옥경이가 어떻고 차차차가 어쩌고 하는 노래는 아니어서 얼마나 다행이던지! 문제는 그다음이었다.

아저씨는 아인에게 자꾸 한 곡만 부르라고 권했다. 그래서 빼고 빼다가 방탄소년단의 노래를 불렀다. 하지만 아저씨는 아인의 노래를 듣지 않았다. 노래책을 테이블 위에 올려놓고 뒤적거리더니 자꾸 예약 버튼을 눌러 댔다. 그때 좀 이상하다는 생각은 했다. 다섯 곡을 예약했는데, 모두 아이돌 노래였다. 그걸 보고 아인은 아저씨가 번호를 잘못 눌렀다고 생각했다. 물론 좀 철 지난 아이돌 노래였지만, 그래도 아저씨가 부를 노래는 아니었으니깐. 누울 자리를 보고 다리를 뻗어야지, 뭘 하는 거야, 지금?

크레용의 〈빠빠빠〉를 부르리라고는 정말 상상하지 못했다. 게다가 폴짝폴짝 뛰면서 안무까지!

'아니지, 아니야. 뭐, 그럴 수도 있지. 어느 유쾌하고 발랄한 따님이 했던 걸 흉내 낼 수도 있잖아. 아인아, 진정해. 그냥 못 볼 걸 봤다고 생각하자. 살다 보면 이렇게 안구 테러 당하는 날도 있는 거지, 뭐!'

그렇게 아인은 자신을 위로하고 또 다독였다.

하지만 문제는 그다음부터였다. 아저씨는 〈빠빠빠〉를 부르면서 울었다. 게다가 안무까지 다 따라 하면서. 깡충깡충 뛰면서 울었고, 손으로 허공을 휘저으며 울었고, 팔짱을 끼고 눈을 찡긋하면서 울었다. 그런 중에도 가사는 놓치지 않았다.

아인은 자신도 모르게 머리를 흔들었다. 생각할수록 더 생생하게 떠올라서, 그 장면을 자꾸만 떠올리는 머릿속을 아예 그대로 도려내고 싶었다. 아인 자신의 이해할 수 없는 감정 때문이었다. 그날 아인은 울었다. 폴짝폴짝 뛰어 대는 아저씨 앞에서 하염없이 눈물을 흘렸다. 어금니를 물어도 혀를 깨물어도 눈물이 그치지 않았다. 그래서 자신도 모르게 꺄악 소리를 지르며 노래방을 뛰쳐나오고 말았다.

'미친년!'

아인은 자신을 향해 빈정댔다.

음악을 끄고 차창 밖을 내다보았다. 버스는 도심을 빠져나와 시 경계를 지나고 있었다. 반짝거리던 네온사인은 아까보다 덜 화려했고, 버스의 속도도 빨라졌다. 아인은 한참 동안 먼눈을 팔다가 눈을 감았다.

*

큰길 사거리에서 내렸다. 처음엔 괜찮았는데 언덕길을 오르다 보니 생각이 많아졌다. 부피가 큰 쇼핑백과 케이크 상자가 무거워지기 시작했다. 그즈음, 아인은 걷다가 멈추고 자신이 엄마한테 했던 말을 기억해 냈다.

맞잖아, 집에 없는 사람들 것만 잔뜩 사고. 그럼 난?

아인은 케이크 상자를 내려다보며 중얼거렸다. 넌 좋겠다. 그때도 엄마랑 아빠는 늘 너만 찾았는데……. 그다음에는 쇼핑백 쪽을 내려다보면서 또 입속으로 말했다. 참, 어지간하시네요.

아인은 머리를 저었다. 생각이 거듭되자 머리만 아팠다. 다시 부지런히 걷기 시작했다.

곧 짱구네 슈퍼 앞에 다다랐다. 빨간 파라솔 아래는 비어 있었고, 건너편 탐정사무소의 창도 어두웠다. 아인은 잠시 탐정사무소를 쳐다보았다. 그런데 조금 시간이 지나자 다양한 감정들이 밀물처럼 몰려왔다.

"아, 씨!"

"참, 나!"

"왜죠? 응? 왜냐고요?"

아인은 차례대로, 일정한 간격을 두고, 그 말들을 내뱉었다. '아, 씨!'는 첫날부터 가장 꾸준했던 감정, '내가 이런 알바를 왜 해야 하는 거야?'의 다른 표현. 다음 '참, 나'는 아저씨의 돌발적인 행동들이 떠올라서였다. 이를테면 어이없음의 다른 말이랄까.

그리고 마지막 세 번째. 그건 종잡을 수가 없었다. 누군가를 원망하고 있는 자신을 보고 아인은 깜짝 놀랐다. 더구나 대상이 아저씨여서. 그래서 아인은 얼른 감정을 추스르고 야트막한 언덕 위를 걷기 시작했다.

팔이 아파질 무렵, 휘우듬한 골목이 나왔다. 바로 거기에서 아인은 우뚝 멈추어 섰다.

고양이 울음소리가 들렸다. 짧게 한 번, 길게 두 번. 하지만 고양이 때문에 걸음을 멈춘 것은 아니었다.

왼쪽과 오른쪽 담벼락에 각각 한 명과 두 명이 기대 서 있었다. 누굴까 하는 순간에 아인은 그들이 누구인지 알 것 같았다. 이편의 가로등이 마침 아인을 쳐다보고 있는 그들의 얼굴을 비추었기 때문이었다.

왼쪽에는 선자 언니가 혼자 서 있었다. 그리고 오른쪽에는 장미 언니와 윤자였다. 머릿속에 아주 잠깐 도망갈까 생각이 들었지만, 몸이 멈추어 선 채 꿈쩍도 하지 않았다. 아니, 더 어쩌기 전에 장미 언니가 한 걸음 먼저 다가왔다. 뒤이어 윤자와 선자 언니도 따라왔다.

아인은 숨을 길게 내쉬었다. 그리고 어금니를 꽉 물고, 백팩을 어깨에서 내려 앞쪽 작은 지퍼를 열었다. 손을 깊게 넣었다. 지폐 뭉치가 손에 잡혔다. 그걸 꺼내 선자 언니 쪽으로 내밀었다.

"어라? 우리 아인이가 착해졌네? 가만 보자. 하나, 둘……. 오, 십삼만 원? 음, 좋은데? 우리가 올 줄 알고 있었나?"

"그러게. 우리가 돈 필요하다는 걸 어찌 알고……."

돈을 받아 든 선자 언니가 말했고, 옆에 선 장미 언니가 말을 받으며 피식 웃었다. 하지만 그 말이 채 끝나기도 전에 아인이 말했다.

"더는 저 불러내지 마세요. 이게 마지막이에요."

아인은 떨렸지만, 마지막이란 단어에 힘주는 것을 잊지 않았다. 실제로 그런 마음으로 긁고 긁어서 모았다. 엄마한테 머리칼 자른다고 이만 원, 참고서 산다고 이만 원. 그리고 숨겨 두었던 비상금과 아저씨의 책상 서랍에서 몰래 가불한 돈 오만 원까지.

"뭐라고? 이게 아주 겁대가리를 집에다 놓고 다니나?"

장미 언니가 먼저 나섰다. 그리고 대뜸 손을 쳐들었다. 아인은 반사적으로 뒤로 한걸음 물러났다. 하지만 그러자마자 선자 언니가 장미 언니의 팔을 붙잡았다. 그러더니 앞으로 나섰다.

"왜? 이제 새로운 알바 시작해서 바쁘신가 보네?"

무슨 말을 하려는 걸까? 새로운 알바라니? 아인은 비꼬는 듯한 선자 언니를 빤히 쳐다보았다. 그러자 선자 언니가 말을 이었다.

"하긴, 니 와꾸가 평타 치는 애들 중에서는 좀 반반하긴 하지. 인정! 그래, 손님은 많고?"

"……?"

"뭐야, 모르는 체하는 거야? 장미가 봤다던데? 윤자도 같이 있었다며?"

아인이 무슨 말인지 몰라 잔뜩 인상을 찌푸리자, 선자 언니는 아인의 어깨를 기분 나쁘게 쓰다듬다가 장미 언니와 윤자를 번갈아 쳐다보았다. 윤자는 가만히 있었지만, 장미 언니는 고개를 끄덕였다.

선자 언니는 또 말했다.

"가슴도 이 정도면, 뭐……."

아인은 한쪽 가슴에 다다른 선자 언니의 손을 쳐냈다. 그러자 선자 언니가 더 빈정댔다.

"어이쿠! 앙탈 부리는 거야? 하긴 남자들은 순순한 여자들보다 튕기고 한두 번 빼는 여자를 더 좋아한다더라!"

"지금 뭐라는 거예요? 도대체 나한테 왜 이래요!"

아인은 선자 언니의 이기죽거리는 말에 신경질적으로 받아쳤다.

"왜 이러냐고? 네가 쉽게 버는 돈 좀 나눠 쓰자 이 말이지, 무슨 말이겠어?"

"내가 무슨 돈을……."

"야! 너 대행 알바 하잖아. 그 뭐냐? 애인 대행이라고 하던가? 돈 많은 오빠들이랑 놀아 주고 돈 받는……."

"뭐라고요?"

아인은 소리를 더 높였다. 하지만 그에 아랑곳하지 않고 장미 언니가 또 나섰다.

"얌전한 강아지가 부뚜막에 먼저 올라간다더니! 저번에는 아저씨였지? 캬! 이년이 가만 보면 비위도 좋아."

장미 언니의 빈정대는 말에 선자 언니가 피식 웃으며 말했다.

"이년아, 강아지가 아니고 고양이겠지. 그리고 솔직히 넌 안 하는 게 아니라 못 하는 거 아니야?"

"아무렴 어때, 저년 원조교제 하는 거 맞잖아? 그간 무슨 알바를 하나 했더니……."

"야! 입 닥치지 못해?"

선자 언니의 들큰거리는 말에 아인은 소리를 질렀다. 그 때문에 잠깐 사방이 조용해졌다. 다만 어디선가 개 짖는 소리가 들렸고, 이어 장미 언니가 나섰다.

"이게 어디서! 뭐? 입 닥치라고?"

하지만 아인이 먼저 나섰다. 손을 쳐들고 다가오는 장미 언니를 밀쳤다. 장미 언니는 뒤로 주춤했고, 그러는 사이 아인은 발을 들어 장미 언니의 옆구리를 걷어찼다.

장미 언니는 비틀거렸고 한발 늦게 윤자가 앞을 막아섰다. 그럼에도 아인은 한 번 더 발을 올렸다. 그런데 그때, 그보다 먼저 머리가 뒤로 확 젖혀졌다. 그 바람에 아인은 뒤로 벌렁 넘어졌다. 선자 언니가 아인의 머리채를 잡아당겼고, 그 바람에 땅에 내쳐진 거였다.

아인은 땅바닥을 굴렀다. 얼른 일어나 중심을 잡으려 했지만, 채 일어나기도 전에 선자 언니가 발을 올려 가슴팍을 밀어 찼다. 아인은 벽에 뒷머리를 부딪친 뒤 바닥에 주저앉았다. 그런 아인을 선자 언니가 다시 걷어찼다.

가까스로 일어났지만 또 차였다. 무릎, 허벅지, 가랑이, 배와 가슴, 머리까지. 숨을 쉬기 힘들었다. 어떻게든 빠져나가려고 손짓은 물론 발길질까지 해댔지만, 쉼 없이 뻗어 오는 선자 언니의 주먹과 앞발에 아인은 다시 넘어지고 말았다. 그러면서 제풀에 케이크 상자를 걷어차고 말았다. 케이크 상자가 찢어지면서 허연 크림이 상자 바깥으로 비어져 나왔다. 이어서 쇼핑백에 들었던 옷가지들이 쏟아졌다.

"뭐야, 이건?"

장미 언니가 흩어진 옷가지들을 발로 걷어차면서 말했다. 아빠의 옷들은 밟히고 찢어졌다. 그러나 아인은 할 수 있는 게 아무것도 없어서 가만히 쳐다보고만 있어야 했다.

그런 중에도 장미 언니는 앞에 쪼그리고 앉아 아인의 머리채를 붙잡고 흔들었다.

"너 정말 정신 못 차리지? 우리가 우습지?"

"장사 못 하게 아예 얼굴을 갈아버려!"

옆으로 다가온 선자 언니가 말했다. 아인은 무엇이든 해야겠다고 마음먹었다. 하지만 쉽지 않았다. 마음은 급한데 몸이 마음대로 움직여지지 않았다.

그때, 어디선가 고양이 소리가 가깝게 들렸다. 이런 와중에 아인은 자신도 모르게 귀를 쫑긋 세웠다. 그러자 고양이 울음소리는 방금 전보다 조금 더 커졌다.

선자 언니가 무언가 싶어서 고개를 돌린 것도 그즈음이었다. 이때다 싶었다. 아인은 앉은 채로 발을 뻗어 선자 언니의 가슴팍을 밀어내듯 걷어찼다.

그 바람에 선자 언니가 뒤로 발랑 나자빠졌고, 그러면서 장미 언니를 붙잡는 바람에 장미 언니도 덩달아 비틀거렸다. 아인은 벌떡 일어났다. 온몸이 안 아픈 데가 없었지만 빨리 도망가야겠다고 생각했다.

하지만 무리였다. 아인의 움직임은 느렸고, 곧바로 선자 언니에게 뒷덜미를 붙잡혀 돌려 세워졌다. 선자 언니의 손이 올라가는 것을 보며 아인은 두 눈을 질끈 감았다. 뺨을 후려치겠구나 싶었는데…… 조용했다. 눈을 떠 보니 선자 언니의 손은 허공에 멈추어 있었고, 선자 언니와 장미 언니가 서로 눈치를 보며 언덕 아래쪽을 내려다보고 있었다.

거기에 아저씨가 있었다. 아저씨는 찬찬히 이쪽으로 다가왔다.

"뭐야, 이 아저씬? 그냥 지나가세요. 아저씨한테는 별 볼 일 없거든요."

선자 언니가 빈정대며 말했다. 그런데 그때, 장미 언니가 앞으로 나섰다.

"어라? 이 아저씨 노래방에서 본 그 아저씨잖아? 윤자야, 맞지?"

장미 언니가 윤자를 돌아보며 말했다. 윤자는 가만히 있었다. 아저씨가 한 걸음 더 성큼 다가오면서 입을 열었다.

"왜 아인이를 때려? 다쳤잖아."

아저씨가 늘 그렇듯 어눌한 목소리로 말했다. 그리고 멱살을 쥐듯 선자 언니의 목덜미를 붙잡았다. 그러더니 있는 힘을 다해 길 아래쪽으로 내동댕이쳤다.

"아아악!"

선자 언니는 데굴데굴 굴러 한쪽 벽에 부딪치며 나가떨어졌다. 그걸 보고 아인은 달려가 막 일어서려는 선자 언니의 가슴팍을 걷어찼다.

"억!"

선자 언니가 소리를 지르면서 뒤로 넘어졌다. 그러자 아저씨가 이번에는 장미 언니 쪽으로 걸어갔다. 그리고 방금 전과 똑같은 말을 했다.

"왜 아인이를 때려? 다쳤잖아."

그러자 장미 언니가 겁을 집어먹고 뒤로 물러났다. 그러다가 제풀에 뒤로 넘어지며 엉덩방아를 찧었다. 그때 선자 언니가 일어나 아저씨를 향해 돌을 던졌다. 돌은 날아가 아저씨의 이마를 스쳤다. 하지만 아저씨는 곧 선자 언니에게 다가가 방금 전에 한 것처럼 멱살을 잡았다. 그러더니 또 말했다.

"왜 아인이를 때려? 다쳤잖아."

그러면서 아저씨는 선자 언니를 뒤로 밀쳤다. 선자 언니는 또다시 벽에 머리를 부딪치고 그 자리에 주저앉았다. 윤자는 그 옆에서 벌벌 떨고 서 있었다.

"가자!"

아저씨가 아인을 향해 돌아서며 말했다. 그러면서 아인의 손목을 붙잡았다. 아인은 얼결에 끌려 내려가다가 걸음을 멈추었다.

"잠깐만요."

아인은 다시 뛰어 올라가 땅바닥에 버려진 아빠의 셔츠와 바지를 집어 들었다. 그리고 대충 품에 안고 아저씨가 서 있는 쪽으로 뛰어왔다. 아저씨가 알 수 없는 미소를 지었다.

"됐어요. 가요!"

마음과는 다르게 아인은 퉁명스럽게 말하고 앞서갔다.

얼마를 걸었을까? 채 예닐곱 발자국을 걸었나 싶었는데 뒤에서 후다닥하는 소리가 났다. 아인은 반사적으로 돌아보았다. 순간, 선자 언니가 달려와 아저씨의 머리를 벽돌로 내리쳤다.

"퍽!"

둔탁한 소리와 함께 아저씨의 머리가 앞쪽으로 꺾였다. 그러고는 몸이 휘청거리더니 맥없이 쓰러졌다.

"안 돼!"

아인은 자신도 모르게 소리쳤다. 그리고 달려갔다. 선자 언니는 놀란 표정으로 아인을 쳐다보더니 다리를 절뚝거리면서 언덕 아래로 뛰어 내려갔다. 그 뒤를 장미 언니가 달려갔다. 윤자는 남았다.

아저씨는 쓰러진 채 꼼짝도 하지 않았다. 얼른 쪼그리고 앉아 흔들어 보았지만, 정신을 잃은 것인지 미동도 하지 않았다.

그때, 아저씨의 뒷머리에서 피가 흘러내리는 게 보였다.

헉!

숨이 탁 막혔다.

"정신 차려요! 제발 눈 좀 떠 봐요!"

하지만 소용이 없었다. 아저씨는 꼼짝도 하지 않았다. 숨을 쉬지도 않는 것 같았다.

"왜 이래요? 이러지 말아요. 나 무섭단 말이에요. 제발 정신 좀 차리라고요. 네? 고양이, 내가 찾아 줄게요. 어서 눈 뜨라고요. 네? 아빠!"

달아나지 마

A-7 지점에 이르렀을 때는 벌써 등이 땀으로 축축했다. 해가 뜨지도 않았는데, 오늘따라 유독 후텁지근했다. 비가 오려나 싶었다. 해가 뜰 시간이 지났는데도 하늘이 새까맣고 사방이 어둑한 걸 보니 틀림없었다. 아인은 이마의 땀을 닦아 내고, 부서진 벽돌집 뒷마당으로 갔다. 일전에 아저씨, 아니 아빠가 엘리자베스를 놓친 그곳이었다. 거기서부터 살금살금 걸었다. 일단 담벼락에 몸을 기대고 살며시 고개를 내밀어 바깥쪽을 쳐다보았다.

주위를 둘러보아도 엘리자베스는 보이지 않았다. 아인은 다 부서져 바닥에서 무릎 높이만큼만 남은 담장 위를 바라보았다. 그리고 잠시 후 아인은 사방을 살피며 다가갔다. 담장 위에 놓아둔 은박지 위의 육포는 그대로였다. 아인은 자신도 모르게 짜증이 치밀었다.

"이 치사한 새끼!"

발로 땅을 찼다.

아인은 다시 원래 있던 곳으로 돌아왔다. 그리고 주저앉았다. 별수 없었다. 더 기다리는 수밖에.

그나저나 치사한 새끼라니? 자신이 한 욕설을 떠올리고 아인은 피식 웃었다. 어쩌면 그 욕은 엘리자베스가 자신에게 해야 할 욕이기 때문이었다. 왜냐하면 정작 엘리자베스는 아인 자신이 내다 버렸는데, 이제 와서 돌아오지 않는다고 투덜대고 있으니까.

아니, 그건 그때의 일이고. 내다 버렸으면 좀 더 멀리 도망가던가, 고작 집 근처냐? 더구나 왜 아빠 눈에 띄어서…….

어쨌든 아인은 엘리자베스를 잡아야 했고, 오늘이 사흘째였다.

첫날은 맥없이 이 부근을 돌아다녔다. 아빠가 그려 놓은 지도에 의하면 엘리자베스는 A-7 지점에 가장 자주 출몰했다. 지난번 초딩과 함께 쫓아갔던 허물어진 집과 그 너머의 숲을 포함해 아래쪽으로는 녹색 철대문집 부근까지의 지역이었다.

거기서 백 미터쯤만 내려가면 우리 집이었다. 이를테면 엘리자베스는 우리 집에서 불과 이삼백 미터 범위 안에 있다는 뜻이었다.

그래서 삼 일 전 아침에는 무턱대고 이 부근을 휘젓고 다녔다. 그러나 엘리자베스는 찾을 수가 없었다. 아니 반경을 더 넓혀 숲을 지나 체육공원 쪽까지, 녹색 철대문 집에서 한 오십여 미터 더 아래까지, 그리고 지난번 우연히 엘리자베스와 마주쳤던 그 집 안도 기웃거렸다. 하지만 엉뚱한 고양이들 몇 마리만 눈에 띄었을 뿐 엘리자베스는 없었다.

물론 아인은 포기하지 않았다.

깜둥이! 그게 녀석의 원래 이름이었다. 엄마와 아빠, 그리고 아인도 처음에는 그렇게 불렀다. 그 이름을 부르자 언니가 생각났다.

처음에는 언니도 깜둥이라고 부르더니, 어느 날부터 엘리자베스라고 불렀다.

엘리자베스는 언니의 어릴 때 별명이었다. 촌스러웠지만 아빠가 제일 좋아하는 여왕의 이름이라 그렇게 불렀다고 했다. 여왕처럼 훌륭한 사람이 되라는 의미였다나? 하지만 가당치 않은 주문이었다. 오래된 집들이 다닥다닥 붙어 있는 언덕배기 마을에서 여왕이라니? 번듯한 편의점(하, 짱구네 슈퍼가 뭐야, 모양 빠지게!) 하나 없고, 마을버스도 다니지 않는 이 황무지 같은 곳에는 말갈족 추장이 차라리 더 어울리지.

어쨌든 아인은 언니가 유독 깜둥이, 아니 엘리자베스를 아낀 이유를 알지 못했다. 녀석은 데려올 때부터 한쪽 귀가 반쯤 잘려 있었고, 오른쪽 앞발에 깊은 상처가 있었다. 게다가 얼마나 꼬질꼬질하던지, 아인은 처음부터 녀석이 마음에 들지 않았다. 언니가 목욕을 시키고 치료를 해 주면서 반지르르해졌지만, 녀석은 유독 아인의 공책만 찢고 아인의 손등에만 상처를 냈다.

그런데도 언니는 늘 엘리자베스만 감싸고돌았다. 집에 돌아오면 엘리자베스랑만 대화했다. 다른 가족들은 유령 취급하면서. 그래도 엘리자베스가 오고 나서부터 언니는 웃기도 했고 얼굴도 조금 밝아졌다. 그전에는 집에도 늦게 들어오고, 들어와도 방에만 처박혀 있다가 다음 날 아침 일찍 집에서 나갔다.

공부도 못하는 일진 주제에 무슨 학교는 그리도 빨리 가는지. 하긴 삥 뜯으러 가는 거겠지. 일찍 일어나는 새가 먹이를 얻는다고 했다지 않은가? 아인은 언니를 그렇게 빈정댔다. 이제 와서 그런 생각을 하려니 좀 미안하긴 했다.

아인은 한 번 더 불렀다.

깜둥…….

아인은 말을 얼버무렸다. 이유는 알 수 없었지만 미안했다. 그래서 다시 불렀다.

엘리자베스!

하지만 그렇게 소리쳐 부르고 나자 기분이 이상해졌다. 마치 언니를 부르는 것 같아서였다. 실제로 아인이 어렸을 때, 아빠가 그렇게 부르면 언니가 대답하곤 했으니까.

어쨌든 그런다고 달라지는 건 없었다. 아인은 놈의 이름을 백 번쯤 부르고 나서야 '이렇게 쉽사리 나타날 놈이 아니지!' 라고 뒤늦게 결론을 내렸다. 하긴 욕심이 앞선 거였다. 닷새 전 아빠가 선자 언니한테 머리를 맞고 쓰러진 걸 보고, 아인은 아빠에게 고양이를 찾아 주겠다고 약속했다. 그 약속을 지켜야겠다고 마음먹고 나섰지만, 서두를 게 아니란 생각이 들었다.

그날, 다행히 아빠는 윤자가 부른 119 아저씨들 덕분에 무사히 병원으로 옮겨졌고, 병원에 도착하기도 전에 깨어났다. 열일곱 바늘이나 꿰맸지만, 아빠는 다음 날 곧바로 퇴원했다. 뇌진탕 증세도 있다는 의사의 말을 무시하고 곧장 병원을 나섰다. 엄마가 집으로 겨우 끌고 오긴 했지만, 밥 한 끼 먹고 아빠는 탐정사무소로 나갔다. 아인이 가까스로 챙긴 새 옷을 입고서. 하지만 걱정이 된다며 엄마가 며칠 동안 탐정사무소를 함께 지키기로 했다.

몸이라도 멀쩡하면 그냥 너한테 맡긴다만……. 뒷말을 흐리며 엄마는 남의 집에 신세 지고 급히 떠나는 사람처럼 달아나는 아버지를 쫓아갔다.

그게 사흘 전의 일이었고, 바로 다음 날부터 아인은 고양이를 찾겠다며 무턱대고 나서게 된 것이었다.

둘째 날, 그러니까 바로 어제는 생각 끝에 언니의 스카프를 가지고 나왔다. 그 스카프는 아인이 탐내던 것이기도 했다. 그래서 엄마가 언니의 옷가지들을 모두 내다 버릴 때도 그것만은 숨겨 두었다.

가족 중 유일하게 엘리자베스가 따르던 사람이 언니였으니, 언니 냄새를 기억하고 있으리라 생각한 것이었다.

하지만 언니의 스카프는 효과가 없었다. 아니, 그렇게 믿기로 했다. 언니 냄새가 지금까지 남아 있을 리 없었으므로.

늦잠을 잔 탓에 아인은 정오 무렵이 되어서야 집에서 나왔다. 그리고 전날과 같은 장소에 육포를 가져다 놓고, 거기서 열댓 걸음 떨어진 담벼락에 스카프를 걸어 놓았다.

냉장실에 덩그러니 놓여 있던 식빵을 가져와 꾸역꾸역 입속에 구겨 넣으며 살폈다. 그런데 채 한 시간도 되지 않아 엘리자베스가 나타났다.

놈은 부서진 담장 뒤편 수풀 사이에서 빼꼼 고개를 내밀더니 사방을 두리번거렸다. 그러다가 어느 순간 귀를 쫑긋 세우고 빠르게 이편으로 다가왔다. 그리고 벽에 걸린 스카프를 흠칫 올려다보더니, 껑충 뛰어올라 끌어내리고는 얼굴을 비벼 댔다. 또 고개를 들어 올리고 서너 번 울고, 다시 스카프에 얼굴을 들이대더니 여러 번 핥았다.

아인은 숨어 있던 벽돌 무더기 뒤에서 나왔다. 그러자 기척을 느꼈는지 엘리자베스가 불쑥 고개를 들어 이쪽을 빤히 쳐다보았다. 그때까지만 해도 엘리자베스는 도망갈 생각을 하지 않았다.

깜둥아!

낮은 소리로 불렀다. 아주 조심스레 한 발자국만 옮겼다. 숨도 충분히 고르고, 놀라지 않도록 손가락 하나까지 함부로 움직이지 않았다.

깜둥…… 아니, 엘리자베스! 나야, 네 주인이라고. 기억하지?

아인은 이름을 고쳐 불렀고, 마치 사람 대하듯 차분히 말했다.

그리고 딱 한 걸음만 더 떼었다. 그러자 마치 알아듣기라도 하듯 엘리자베스가 고개를 한쪽으로 갸우뚱했다. 그러더니 이쪽으로 걸어왔다. 가벼운 걸음걸이로 한달음에 육포가 놓여 있는 데까지 다다랐다. 곧 엘리자베스는 별다른 경계를 하지 않고 육포를 먹기 시작했다.

아인은 한 걸음 더 옮겼다. 그리고 또 한 걸음. 가슴이 떨렸고, 손에 땀이 났다. 다시 한 걸음 더 그런 다음 불렀다.

엘리자베스!

그때 처음으로 손을 들어 '이리 와' 하는 표정을 지었다. 하지만 엘리자베스는 아무런 반응 없이 육포만 먹었다. 아인은 두어 걸음 더 나아갔다. 그러자 엘리자베스는 예닐곱 걸음을 한번에 물러났다.

아, 안 돼!

아인은 자신도 모르게 소리를 냈다. 엘리자베스는 야옹, 울기만 할 뿐 그 자리에 서 있었다. 그래서 아인은 한 번 더 말했다.

엘리자베스! 이리 와, 응? 쫓아낸 건 미안해. 내가 일부러 그런 건 아니고…… 아, 그래. 솔직히 일부러 내쫓긴 했어. 하지만 너도 알잖아. 나도 화가 났단 말이야.

그래 놓고 아인은 내가 뭔 소리를 하는가 싶었다. 오히려 그 말을 함으로써 정말로 자신이 엘리자베스보다 보잘것없는 존재라는 걸 고백하는 듯한 느낌이 들었다. 기분이 더러워졌다.

하긴 그래서 내쫓은 거였다. 언제는 치워 버리라던 엘리자베스만 감싸고도는 아빠가 미웠다. 언니가 죽은 뒤로는 오로지 엘리자베스뿐이었다. 밥 줬어? 간식은 언제 줬니? 밖에 나갔다가 들어오면 아빠는 그 말부터 했다.

아빠는 엘리자베스 돌보는 일 외에는 아무것도 하지 않았다. 이따금 광장에 나가 앉아 있는 정도뿐이었다. 이미 그때부터 아빠는 서서히 정신줄을 놓고 있었다. 엄마와 아인을 알아보지 못했고, 그 무엇에도 관심을 두지 않았다. 그게 짜증이 나서 아인도 아빠를 남 대하듯 했다. 아빠를 아빠로 대하는 일보다 훨씬 쉬웠다. 아빠라고 부르는 일조차 어색했으니까.

아인은 모든 게 엘리자베스 때문이라고 생각했다. 그래서 내쫓았다. 아인은 그래야만 아빠가 제정신으로 돌아올 거라 생각했다. 그래서 사료를 잔뜩 먹이고 육포까지 쭉쭉 찢어 먹인 다음, 내다 버렸다.

다행히 엘리자베스는 돌아오지 않았다. 며칠 동안 나타나지 않다가 나흘째인가 집 가까운 어느 곳에서 배회하길래 돌을 던져 쫓아 버렸다. 그랬더니 그다음에는 눈에 띄지 않았다.

아인은 고개를 저었다. 생각하고 싶지 않았다. 생각해 보았자 답답하기만 했다. 아인은 앉았다. 그게 엘리자베스를 덜 자극하는 일인 것 같아서였다. 그리고 말했다.

엘리자베스! 자, 어서…… 내가 너에게 아주 친절하게 대한 건 아니지만 그래도 너를 괴롭힌 적은 없잖…… 아, 물론 내가 너를 몇 대 때리긴 했어. 그렇지만 그건 네가 내 공책을 찢어 놨기 때문이야. 그래도 세게 때리진 않았잖아. 기억하지? 그래, 그걸로 퉁치는 거야. 어때? 그러니까 어서 이리…….

아인은 주절거리다가 말고 멈추었다. 하다하다 이젠 고양이랑 대화를 하다니! 언니가 종종 그러고 있을 때 참으로 몹쓸 덕질이구나 싶었는데.

어쨌든 아인은 쪼그려 앉은 채로 기다시피 한 걸음 나아갔다. 그러자 엘리자베스도 그만큼 뒤로 물러났다.

아, 아니야. 여기에 있을게. 도망가지 마.

아인은 얼결에 무릎까지 꿇었다. 하지만 엘리자베스는 아예 몸을 돌렸다. 안 되겠다 싶었다. 아인은 일어났다.

엘리자베스!

소리를 쳤다. 그리고 동시에 뛰었다. 그러자 놀랐는지 엘리자베스가 재빨리 뛰어 달아났다.

엘리자베스!

아인이 더 큰 소리로 불렀다. 하지만 그즈음 이미 엘리자베스는 수풀 너머로 사라진 뒤였다. 뒤를 쫓아 산책길 쪽으로 달렸지만, 그새 엘리자베스의 모습은 보이지 않았다. 아인은 산책길에서 약수터 오르는 길까지 뛰었다. 다시 돌아와 집과 집들 사이를 헤매고 다녔다. 담장 너머로, 대문 아래로, 남의 집까지 훔쳐보았다. 까치발을 하고 키 낮은 지붕 위도 쳐다보았다. 하지만 엘리자베스의 모습은 찾을 수 없었다. 종일 기다리고 헤맸지만, 엘리자베스는 나타나지 않았다.

그게 바로 어제의 일이었다.

빗방울이 떨어지기 시작했다. 순간 오늘도 글렀구나 싶은 생각에 아인은 쭈그리고 앉았던 자리에서 일어났다. 아무리 아빠와의 약속이라도 비를 맞아가면서까지 이 짓을 하고 있을 수는 없겠다는 생각을 하는데, 저편 풀숲에서 새까만 그림자가 하나 나타났다. 아니, 둘이었다. 하나는 덩치가 좀 작은 코리안 숏 헤어, 그리고 그 뒤에 엘리자베스가 슬금슬금 걸어오고 있었다.

'하, 타이밍 한번 오지네!'

아인은 되돌아서서 숨을 죽이고 기다렸다. 그사이 빗방울이 조금 더 굵어졌다.

엘리자베스는 어제처럼 스카프를 가지고 놀다가 사료와 육포를 놓아둔 곳까지 왔다. 그걸 확인한 아인은 이번에는 앞으로 다가가지 않고 오른쪽 옆으로 크게 돌았다. 산책길 쪽으로 사라지는 걸 막기 위해서였다. 혹시 달아나더라도 마을 쪽으로 몰아붙이는 게 쫓기가 더 쉬울 것 같아서였다.

흙더미를 넘어서고, 잡풀이 높게 자란 마당을 지났다. 그때까지도 엘리자베스는 먹느라 정신이 없었다. 얼결에 발로 깡통을 걷어찼는데도 잠깐 고개를 들어 두리번거렸을 뿐 달아나지는 않았다.

'저게 고양이냐, 돼지지. 처먹기는 엄청 처먹네. 그러니까 살이 저렇게 올랐지. 배 불룩한 것 좀 봐!'

아인은 이윽고 엘리자베스가 나타났던 곳까지 다다랐다. 마침 맞바람이 불었다. 그건 엘리자베스가 아인의 냄새를 맡기 힘들다는 뜻이었다. 아인은 찬찬히 걸었다. 녀석과의 거리는 십 미터가 조금 넘을 듯했다. 그때, 빗줄기가 더 굵어졌다.

이윽고 약 오륙 미터 앞.

자신도 모르게 아인은 입속으로 외쳤다.

조금만 더!

그런데 설마 그 말을 알아들은 걸까? 엘리자베스가 문득 뒤를 돌아보았다. 그리고 잠깐 동안 아인과 마주 보았다.

"냐옹! 냐아아아옹!"

엘리자베스가 입을 크게 벌리고 연이어 울어댔다. 아무래도 당황한 듯했다. 자신이 되돌아갈 길을 막고 있으니까. 그래서 아인은 얼른 앉았다.

"엘리자베스! 달아나지 마. 응? 제발!"

아인은 간절하게 말했다. 하지만 엘리자베스는 냉정하게 몸을 돌렸다. 그리고 무시하듯, 달아나지도 않고 보통의 걸음걸이로 아인이 올라왔던 방향으로 터벅터벅 걸어가기 시작했다.

"엘리자베스! 안 돼! 엘리자베스!"

아인은 일어나 뛰었다. 그러자 엘리자베스도 달리기 시작했다. 빗방울이 얼굴을 때렸다. 제법 따가웠다.

엘리자베스는 골목길 아래로 내려갔다. 절뚝거리면서도 매우 빨랐다. 아인이 따랐지만 금세 간격이 벌어졌고, 일전에 사라졌던 빨간 지붕 쪽으로 뛰었다. 담이 낮았으므로 엘리자베스는 담을 차고 올랐다. 그리고 이전처럼 담장 위로 몇 번 뜀박질하더니 빨간 지붕 위로 올라갔다. 그리고 거기에서 멈춰 섰다.

그러고는 돌아보았다.

"치사한 새끼!"

담벼락 앞에서 멈춘 아인이 헉헉대면서 중얼거렸다. 그러자 엘리자베스는 그런 아인을 여유 있게 내려다보면서 그 자리에 털썩 앉았다. 그러더니 나른하게 하품을 한 번 한 뒤 털을 고르기 시작했다. 빗물을 닦아 내려는 모양이었다.

잠시 후, 엘리자베스는 멍하니 마을 아래쪽을 내려다보았다. 그러다 이쪽을 또 쳐다보았는데, 마치 '올 테면 와 보든가?' 하는 표정이었다. 아인은 그러고 있는 놈이 얄미웠다.

아인은 숨을 들이쉬고 내쉬기를 빠르게 반복했다. 그리고 담장 위를 손으로 짚었다. 다음에는 한쪽 다리를 뻗어 올려 담장 위에 걸치고 팔에 힘을 주었다. 몸이 딸려 올라갔고, 곧 아인은 담장 위에 걸터앉을 수 있었다. 찬찬히 일어났다. 다리가 부들부들 떨렸다.

하지만 아인은 정신을 바짝 차리고 한 발을 지붕 위에 걸쳤다. 그러나 아뿔싸! 그러자마자 엘리자베스는 천천히 지붕 오른쪽 아래로 내려가기 시작했다.

"야, 그건 아니지!"

아인은 소리를 질렀다. 하지만 그에 아랑곳하지 않은 채, 엘리자베스는 지붕 끝에 서서 잠시 두리번거리더니 아래로 폴짝 뛰어내렸다.

엘리자베스는 좁은 골목을 찬찬히 걸어가기 시작했다. 놈의 여유 있는 걸음걸이가 얄미워 죽을 지경이었다.

'저 깜둥이 새끼, 잡히기만 해 봐. 다리를 콱 분질러 버릴 거야.'

아인은 어금니를 꽉 물고 다시 담장 위쪽으로 다리를 모았다. 하지만 금세 어지러워서 얼른 담장 위에 주저앉았다. 게다가 빗줄기가 거세져서 앞이 잘 보이지 않았다. 아인은 조심조심 길 쪽으로 다시 내려왔다.

후들거리는 다리를 바로 세우고 아인은 좁은 골목으로 들어갔다. 사람 서넛이 겨우 나란히 서 있을 수 있을까 말까 할 만큼 좁았다. 위에서 내려다보던 것보다 길었고, 양쪽 벽이 높았다. 게다가 포장되지 않은 골목길은 어느새 질척거리고 있었다.

엘리자베스는 어느새 골목 끝에 다다라 있었다. 그리고 아인이 막 뛰기 시작했을 때, 오른편 길로 사라졌다.

"엘리자베스!"

아인은 달렸다. 그러나 패인 구덩이를 밟는 바람에 예닐곱 걸음을 뛰다가 발목이 살짝 꺾이면서 몸이 휘청거리고 말았다.

얼른 균형을 잡긴 했지만, 몸을 바로 세우고 다시 뛰려고 하자 한 번 더 질퍽한 바닥에 미끄러졌다. 그러자 꺾였던 그 부위에 통증이 밀려왔다.

"아악!"

아인은 자신도 모르게 소리를 질렀다. 동시에 발에 힘이 빠지면서 무릎으로 땅을 짚고 말았다. 방금 전보다 훨씬 더 아팠다. 잠시 동안 숨을 쉴 수가 없었다. 하지만 아인은 입술을 깨물며 일어났다. 그리고 뛰었다.

"엘리자베스!"

하지만 이름을 부르자마자 아인은 멈추었다. 발목이 아파 더 이상 어찌해 볼 도리가 없었다.

바로 그때였다. 마술처럼 엘리자베스가 되돌아왔다. 엘리자베스는 속력은 내지 않았지만, 타박타박 뛰어 이쪽으로 다가왔다. 빗물 때문인지 몸을 자주 털었다. 뭐지? 어떻게 된 거야? 하지만 그게 중요한 건 아니었다. 잡아야겠다는 생각이 스쳤다.

아인은 반사적으로 양팔을 벌렸다. 그러자 엘리자베스는 멈추어 서서 아인을 노려보았다.

"냐아아아옹!"

"그래, 엘리자베스! 어서 이리 와. 어서……."

그때, 골목 저편에서 인기척이 들렸다. 그러자 엘리자베스가 당황하는 기색을 보였다. 이쪽으로 몇 걸음 다가오다가 멈추고 한쪽 벽을 타려고 뛰어오르기도 했다. 그러고 있을 때 누군가가 나타났다. 아빠였다.

"아빠가 여길 어떻게……?"

아인은 얼결에 중얼거렸다. 하지만 그런 말을 하든 말든 아빠는 이쪽으로 성큼성큼 다가왔다. 손에는 커다란 뜰채까지 들려 있었다. 머리에 감은 흰 붕대가 유난히 도드라져 보였다. 하지만 한쪽 옆이 빨갛게 물들어 있었다. 꿰맨 자리에서 핏물이 배어 나온 듯했다.

"아빠, 괜찮은 거야?"

"잡아! 이쪽으로 몰아!"

아인이 묻는 말에는 대답하지 않고, 아빠는 소리를 높이며 뜰채를 이리저리 흔들어 댔다. 그래서인지 엘리자베스가 더 갈팡질팡했다. 연신 담을 기어오르려는 듯했지만, 벽이 꽤 높고 반질반질해서 쉽게 기어오르지 못했다. 아마 살이 쪄서 더 그런 듯했다.

"뭐 해? 이쪽으로 몰아!"

아빠가 다시 한번 소리쳤다. 아인은 정신을 차리고 엉거주춤

한 자세를 취했다. 그리고 발을 구르며 소리쳤다.

"엘리자베스! 저리 가! 저리!"

움직일 때마다 발목과 무릎이 아팠지만 멈추지 않았다. 빗물 때문에 자주 얼굴을 쓸어내려야 했다. 다행히 엘리자베스가 아빠 쪽으로 움직였다. 그래서 아인은 그 앞으로 조금 더 나서며 반복했다.

"쉿! 저리 가, 엘리자베스! 어서!"

그러자 엘리자베스는 담을 오르려 안간힘을 쓰면서도 아빠 쪽으로 조금씩 밀려갔다. 그래서 아인은 조금 더 큰 동작으로 발을 굴렀다. 아빠가 뜰채를 엘리자베스를 향한 채 다가오고 있었다. 곧 뜰채를 휘두를 참이었다.

"엘리자베스!"

그런데 바로 그때였다. 갑자기 엘리자베스가 방향을 바꾸었다. 아빠가 휘두르는 뜰채에 겁을 먹은 모양이었다. 엘리자베스가 아인을 향해 달려들었다.

"냐아아아옹!"

아인은 얼결에 가운데 서서 손을 뻗고 기다렸다. 하지만 엘리자베스는 예닐곱 걸음 앞에서 오른쪽 벽으로 붙어 뛰었다. 그냥 두면 빠져나갈 것 같았다.

"안 돼!"

아인은 옆으로 나섰다. 그러느라 발목이 다시 삐끗했다. 그래도 멈출 수 없었다. 아인은 넘어지면서 손을 한껏 뻗었다. 다행히 손에 엘리자베스의 뒷다리가 붙잡혔다. 아인은 느낌이 오는 순간, 손에 힘을 주었다.

"캬아아아아옹!"

엘리자베스는 크게 소리를 질렀고, 거의 동시에 아인의 손등을 물었다.

"크헉!"

아인도 비명을 질렀다. 하지만 손을 놓을 수가 없었다. 더 힘주어 붙드는 수밖에 없었다. 짧은 순간이었지만, 지금 놓치면 영영 붙잡을 수 없을 것만 같았다.

그러자 엘리자베스는 아인의 손을 한 번 더 물고, 발로 할퀴어댔다.

"아아아악! 아빠!"

아인은 소리쳤다. 그리고 잠시 후, 아빠의 뜰채가 엘리자베스를 덮쳤다.

"됐어! 잡았어!"

빗물에 흠뻑 젖은 얼굴로 아빠가 미소를 지었다.

선물

고속버스는 빠르게 달렸다. 창밖의 풍경들이 휙휙 지나갔다. 가만히 멈추어 있는 건 멀리 보이는 산과 창 쪽에 앉은 아빠의 미소뿐이었다.

아빠는 머리에 붕대를 감고서도 연신 같은 얼굴이었다. 엄마가 무슨 말을 시켜도 그저 해낙낙한 표정만 지었다. '아빠가 기분이 좋은 모양이다.' 엄마는 아인에게 몇 번이나 그렇게 말했다. 그러면서 엄마도 흰 이를 슬쩍 드러내 보였다. 그래서인지 몰라도 창문으로 들이비치는 햇살에 드러난 엄마와 아빠의 얼굴은 한층 더 환하게 보였다. 하지만 깊은 주름도 고양이 발톱에 할퀸 자국처럼 선명하게 보였다. 아인은 애써 무시했다. 대신 속으로 중얼거렸다.

'아영이가 부탁한 고양이 새끼 가지고 가니까 좋은가 보지? 아영이 넌 좋겠다. 살아 있을 때도 죽어서도 아빠 엄만 너밖에 모르니…….'

괜히 짜증이 났다. 그런 아인의 마음을 아는지 모르는지 엄마는 한술 더 떴다.

"지금 그곳에 가서 아영이를 만날 수 있다면 정말 얼마나 좋을까?"

그러더니 일순간 얼굴빛이 흐려졌다. 아인은 그런 엄마의 얼굴을 외면했다. 엄마가 또 예전처럼 질질 짜는 모습을 보고 싶지 않아서였다.

아인은 바로 앉았다. 건너편 자리에서 엄마가 아빠에게 또 무어라 말하고 있었지만 듣지 않았다. 아인은 이어폰을 끼고 음악을 틀었다. 그리고 주머니에 손을 넣고 뒤로 기댔다. 오른쪽 주머니에서 타로 카드가 만져졌다.

'DEATH' 카드. 이미 죽어서 누워 있는 왕을 향해 깃발을 든 죽음의 기사가 다가오고 있는 그림이었다. 교황은 죽음의 기사에게 두 손을 들어 보이고, 그 아래 어린아이는 죽음을 받아들이듯 환영하고 있다.

'뭘까?'

아인은 인상을 찌푸렸다. 어쨌든 죽음이란 그다지 좋은 의미는 아니지 않은가. 그런 생각이 들자, 아인은 공연히 심란해졌다. 물론 죽음의 카드가 오로지 죽음 그 자체만을 의미하는 것은 아니었다. '이 카드는 한편으로는 새로운 시작을 의미한다'라는 해설 글을 본 적이 있었다. 새로운 시작을 위해서는 의연한 죽음이 반드시 필요하다고 했던가?

하지만 아인은 곧 머리를 저었다.

'끝이 아니고 시작이야? 젠장, 뭐가 또 시작이야?'

아인은 손을 꺼내 팔짱을 끼고 음악에 집중하려 했다. 하지만 음악은 저 혼자 놀았다. 머릿속에서는 또 다른 생각들이 돌아다녔다.

'시작?'

어쩌면 그 단어 때문인지도 몰랐다. 그래, 시작은 어디서부터였을까? 무엇이 우리를 여기까지 오게 한 걸까?

*

처음에는 엄마가 더 견디기 힘들어하는 줄 알았다. 하지만 너무나도 뜻밖에 엄마는 아빠보다 빨리 일상으로 돌아왔다.

오히려 아빠가 정신줄을 더 오랫동안 놓고 있었다. 심지어 지금까지도.

물론 이해하려 했다. 언니가 탄 배가 남쪽 바다 어디선가 침몰했고, 수백 명이 물속에서 나오지 못했으니까. 게다가 몇 달이 지나도록 언니는 계속 실종 상태였다. 언니와 함께 그 배에 탔던 수백 명의 친구가 하나씩 주검으로 돌아올 때도 언니는 돌아오지 못했다.

아빠는 사고 대책 본부가 꾸려진 작은 포구에서 8개월을 살았다. 수많은 사람이 꽃 한 송이, 노란 리본 하나씩 놓고 갈 동안에도 언니는 돌아오지 않았다. 함께 작은 포구를 지켰던 사람들이 신발 한 짝, 찢어진 옷자락이라도 건져서 포구를 떠났지만, 여전히 언니의 것은 머리카락 한 올도 떠오르지 않았다. 그러다 해가 바뀌었고, 그래도 아빠는 그곳에 남았다.

언니가 물에 빠지기 직전 아빠에게 남긴 마지막 메시지 때문인지도 몰랐다.

아빠 말대로 집에 못 돌아가겠네? 헤헤.

하지만 아빠는 택배 트럭을 모느라 그때까지 사고 소식을 알지 못했다. 그래서 참으로 어이없는 답장을 보내고 말았다.

그러시던가. 아예 거기서 살아. 그리고 다시는 올 생각하지 마.

트럭만 타면 틀어 대던 삐릿삐릿 파랑새 노래 때문에 뉴스 속보를 듣지 못했을 거였다. 잠깐이라도 노래 대신 뉴스를 들었더라면 그런 답장은 보내지 않았을 텐데. 그놈의 파랑새!

그날 오후, 사고 소식을 듣고 난 아빠는 미친 사람 같았다.

어떤 날은 종일 울었고, 어떤 날은 내내 실성한 사람처럼 히죽거리며 다녔다. 육 개월 만에 정신 단단히 차리고 살자고 마음을 다잡은 엄마에 비해, 아빠는 날이 갈수록 정신을 놓았다. 언니의 학교 친구들 가족이 광장에 천막을 치고 특별법을 제정하라며 외치는 동안에도, 아빠는 한동안 포구를 헤매 다녔다. 집으로 돌아가 기다리자는 엄마의 말도 듣지 않았다.

나 때문이야.

아빠가 그렇게 생각하는 건, 여행을 떠나기 직전에 언니에게 한 말 때문이었다.

가라. 가서 아예 오지 말던가. 물론 그 말 외에도 아빠는 더 많은 말을 했다. 네가 원하는 건 다 해 줬다. 미안해서, 어린 너한테 너무나 미안해서. 그런데 이제 와서 이게 무슨 짓이냐? 매일 사고나 치고, 엄마가 학교 불려 다니게 하고……. 여행? 그거 꼭 가야 해? 없는 형편에 한 번쯤 안 갈 수 없어?

하필 그날, 언니 때문에 엄마는 또 학교에 다녀왔다. 자세히는 알 수 없었으나, 언니가 아이들의 돈을 빼앗았는데 그걸 누군가가 고자질했다. 학교가 좀 어수선해졌다. 경찰에 신고를 해야 한다는 말까지 나온 모양이었다. 결국 엄마는 학교로 달려가 손이 발이 되도록 빌어 겨우 사고가 더 커지는 것을 막았다.

언니는 깜둥이, 아니 엘리자베스의 영양제를 사기 위해 그랬다고 털어놓았다. 처음부터 부실한 녀석을 데려오긴 했다.

그런데 며칠만 데리고 있을 줄 알았던 깜둥이를 언니는 아예 집에 들여앉혔다. 어디선가 고양이 방석을 가져오고, 밥그릇을 구해 왔다. 깜둥이가 가지고 놀 인형들까지, 별의별 것들을 다 가져왔다.

오래지 않아 아인은 언니가 느닷없이 깜둥이에게 집착하게 된 이유를 깨달았다. 깜둥이는 오른쪽 앞다리를 살짝 절었다. 무슨 일을 겪었는지 한쪽 눈도 찌그러졌다. 그랬다. 언니는 깜둥이가 자신을 닮았다며, 내다 버릴 수 없다고 했다. 그 말에 엄마와 아빠는 더 이상 깜둥이를 어쩌지 못했다.

하지만 그날은 달랐다.

그놈의 고양이 내다 버려! 아빠는 아주 분명한 어조로 말했다. 그런데 아빠가 그 말을 하자마자 언니는 빈정대듯 되받아쳤다. 이제 나 하나로 모자라서 엘리자베스까지 버리시게요? 그 말에 급히 엄마가 나섰다. 아영아, 그래서 엄마가 직장까지 포기했잖아. 우리가 널 얼마나……. 하지만 엄마의 말은 끊겼고, 아빠가 나섰다.

아빠가 벌떡 일어나더니 깜둥이를 창밖으로 집어 던졌다. 그리고 언니의 뺨을 때렸다. 가, 가서 아예 오지 말든지!

그리고 언니는 아빠의 말처럼 돌아오지 않았다.

"냐아아아아옹!"

듣고 있던 노래가 끝나고 다음 노래가 시작되기 전의 공백을 틈타 고양이 울음소리가 들렸다. 아인은 자신도 모르게 건너편 자리 쪽을 쳐다보았다. 아빠의 자리 아래 놓인 케이지 속에서 엘리자베스가 계속 울고 있었다.

"냐아아아옹!"

아빠가 케이지를 들어 올렸다. 그리고 입구 쪽에 얼굴을 들이대고 말했다.

"엘리자베스, 왜 그래? 아영이한테 가고 있으니 조금만 참

아. 곧 만날 수 있을 거야."

하지만 아빠의 말에도 엘리자베스는 계속 울어댔다.

"배고픈가 보네?"

엄마가 나섰다. 엄마는 재빨리 가방에서 육포를 꺼냈다. 그리고 케이지 문 안으로 밀어 넣어 주었다. 하지만 소용이 없었다. 엘리자베스의 울음소리는 더 잦아졌다. 그러자 이쪽저쪽에서 엄마와 아빠가 앉아 있는 좌석 쪽을 힐끗거렸다. 그리고 그때, 엘리자베스는 한 번 더 크게 울었다.

"냐아아아오오옥!"

이번에는 목소리가 굵었고 무언가 목구멍에 걸린 듯한 느낌을 주었다. 게다가 그 울음의 끝은 사레가 들리기라도 한 듯 끊어졌다. 그리고 이어 아빠가 소리를 높였다.

"어이쿠! 이게 무슨 일이야?"

아빠는 재빨리 케이지의 문을 열고 엘리자베스를 꺼냈다. 그러자 엘리자베스는 구역질 끝에 토하기 시작했다. 죽처럼 허연 것들이 흘러내려 아빠의 옷에 떨어졌다.

아인은 벌떡 일어났다. 그리고 얼른 엘리자베스를 아빠로부터 빼앗듯 안았다. 그러자 엘리자베스는 꺼억, 소리를 내며 한 번 더 토했다. 하지만 이번에는 맑은 콧물 같은 액체만 나왔다.

아인은 엘리자베스를 품에 안고 아이 달래듯 얼렀다.

"괜찮아, 엘리자베스!"

다행히 더 이상 구역질은 하지 않았다. 하지만 어딘가 몹시 불편한 듯 엘리자베스는 신음 소리를 냈다. 숨소리도 불규칙하게 느껴졌다. 아인은 엘리자베스의 등을 쓸어 주고, 목덜미를 긁어 주었다. 그래도 엘리자베스는 앓는 듯한 소리를 냈다. 사람들이 힐끗거렸고, 운전기사 아저씨도 룸미러로 쳐다보고 있었다.

안 되겠다 싶었다. 겨우 사정을 해서 버스에 태운 거라 눈치가 보였다. 아인은 엘리자베스를 끌어안고 버스 맨 뒷자리로 갔다. 새벽에 탄 버스라 승객은 고작 예닐곱 명에 불과해서, 다행히도 뒷자리는 텅텅 비어 있었다.

아인은 엘리자베스를 안고 연신 쓰다듬어 주고 긁어 주며 어르고 달랬다. 그러는 동안 아빠도 옆에 와 앉았다.

"왜 그러지? 뭘 잘못 먹었나? 차멀미 하는 걸까?"

아빠의 말에 아인은 어제의 일을 떠올렸다. 아빠의 뜰채 안에서 요동치던 모습부터, 집에 데려다 놨더니 온 집 안을 헤매 다니며 나갈 구멍만 찾던 모습까지. 엄마가 급히 케이지를 사 와 그 안에 넣어 놓았지만, 엘리자베스는 하루 종일 아니 밤늦

게까지 케이지 안을 긁어 댔다. 신경질을 부리듯 요란하게 울어 젖히기도 했다. 그리고 아무것도 먹지 않았다. 물을 들이밀자 열댓 번 혓바닥을 날름거리더니, 그것도 그만이었다.

한참 동안 어르고 달랜 뒤에야 엘리자베스는 신음 소리를 멈추었다. 그러자 아빠는 엘리자베스를 품에 안았다. 그리고 다시 원래 자리로 돌아갔다.

"휴우!"

아인은 자신도 모르게 긴 숨을 내쉬었다. 다행이다 싶은 생각보다 화가 났다. 이게 무슨 짓인가 싶었다. 반창고를 붙인 손등과 손가락을 보니 더 기분이 안 좋았다. 따라나서는 게 아니었단 생각도 들었다.

엘리자베스를 붙잡고 나서 아빠는 종일, '아영이한테 가자!'라며 졸라 댔다. 마치 어린애처럼 칭얼거리기도 했다. 엄마는 해가 질 무렵까지 묵묵부답이었다. '엘리자베스 찾았으면 됐지. 또 무슨 짓이냐?'라면서 아빠를 나무랐다. 그래도 아빠는 막무가내였다. 엄마도 버텼다. 그 중간에서 소리를 지른 건 아인이었다.

가, 가자고! 갔다가 와서 이제는 좀 정신 차리자고, 응? 나도 미치겠다고! 뭐 어쩌자는 건데? 좀 맨정신으로 살 수는 없는 거야? 이렇게 무너지니까 저것들이 우리를 개돼지만큼도 취급 안 하잖아. 아무도 미안해하지 않잖아!

그 말을 쏟아부으며 아인은 씩씩거렸다. 내가 지금 뭔 소리를 하고 있는 건가 싶으면서도 멈춰지지 않았다. '저것들'이 누구를 지칭하는지 잘 모르면서 화가 나 미칠 것만 같았다.

그 말끝에 한동안 집에 정적이 감돌았다. 그사이에 엘리자베스가 두어 번 울었다. 그리고 그 소리마저 잠잠해졌을 때, 엄마가 말했다.

가자. 그래, 갔다 오자. 당신도 이제 정신 좀 차려! 아영이 고양이도 찾았잖아. 알았지? 처음에는 멍하니 천장을 보면서 한마디 했던 엄마는, 아인처럼 아버지를 붙잡고 애원하듯 말했다. 그러더니 그길로 달려나가 케이지를 사 왔고, 고속버스 표를 예매했다. 잠들기 전에는 '죽은 사람 소원도 들어 준다는데…… 죽은 사람 산 사람 소원 다 들어주는 꼴이네'라고 중얼거렸다.

엄마의 그 말은 틀린 말이 아니었다. 일 년 가까이 포구를 떠나지 못하던 아빠가 집으로 돌아온 건, 언니의 휴대전화 때문이었다. 사고 초기에 잠수부들이 언니가 탔던 배 안에서 찾아냈던 수많은 물건 중에 언니의 휴대전화가 있었다. 비교적 일찍 발견되었지만, 우여곡절 끝에 돌아온 언니의 휴대전화 안에는 채 보내지 못한 언니의 메시지가 남아 있었다.

메시지는 딱 두 줄이었다.

아빠, 미안해.

엘리자베스를 부탁해.

그걸 보고 나서 아빠는 미친 듯이 엘리자베스를 찾으러 다녔다. 탐정사무소를 연 것도 그 때문이었다.

아인은 어른들이 다 미쳐 가는 것 같다고 생각했다. '우울증에 걸려 죽는 것보다는 낫잖아. 아무 데나 돌아다니다가 아빠마저 떠나면 어쩌려고?' 엄마가 이렇게 말하면서 싼값의 사무실을 빌려 아빠가 그곳에서 지내게 해 준 것도 아인은 이해가 되지 않았다.

결국 아빠를 돌보는 몫은 아인의 차지가 되었다. 엄마는 용돈을 더 줄 테니 알바하는 셈 치라고 했다. 하지만 아인은 한 번도 탐정사무소에 나가지 않았다. 낯설 대로 낯설어진 아빠와 종일, 아니, 단 몇 시간이라도 마주 보고 앉아 있을 용기가 나지 않았다. 돼지 똥구멍 같은 주둥이로 나불대던 영감탱이만 아니었다면, 끝끝내 탐정사무소에는 얼굴조차 들이밀지 않았을 거였다.

"휴우!"

아인은 한숨을 내쉬면서 버스 바깥을 내다보았다. 좁은 창밖으로 산이 지나고 강이 지났다. 그렇게 또 한참을 달리자 낮은 언덕과 집들 사이로 푸른 바다가 보였다. 얼핏 터미널 표지판도 보이는 듯했다.

*

고속버스 터미널에서 다시 시내버스로 갈아탄 다음, 포구에 내렸을 때, 기다렸다는 듯 바람이 훅 달려들었다. 그 바람에는 짠 내와 눅눅한 습기가 묻어 있었다. 익숙하지는 않았으나 기억에 선명하게 남아 있는 것들이었다. 사고가 난 후, 한동안 아인도 이 포구에 자주 오갔으니까. 그때는 매일매일이 낯설고 두려웠다.

다만 복잡하고 정신없던 그때와는 달리, 지금은 한산했고, 쓸쓸했으며, 발걸음이 무거웠다. 아인은 도대체 무슨 삽질을 하겠다고 엘리자베스까지 데리고 여길 왔나 싶었다.

그래도 일단 걸었다. 엄마가 앞섰고, 아빠가 옆에 나란히 따랐다. 아인은 예닐곱 걸음쯤 뒤에서 보폭을 맞추었다. 그렇게 얼마쯤 걸었을 때, 멀리 빨간 등대의 꼭대기가 보였다.

그리고 그즈음, 길을 걷던 엄마가 걸음을 멈추었다. 그러자 앞에서 다가오던 오십 대 초반의 여인이 엄마 앞에 섰다. 낯이 익었다. 이곳에서도 본 적이 있었고, 언니의 학교에서, 광장에서도 본 적이 있었다.

엄마가 먼저 말했다.

"제민이 엄마 아니에요? 여긴 어쩐 일로……?"

"어머, 아영이 엄마! 아영이 아빠도 오셨네요?"

제민이 엄마는 아빠를 힐끔 쳐다보고는 인사했다.

"오늘이 제민이 생일이에요. 이거…… 이걸 그렇게 좋아했었거든요."

아줌마는 손에 들고 있던 흰색 비닐봉지를 들어 보였다. 봉지 겉에 닭이 그려져 있었는데, 그게 아니더라도 치킨이라는 것을 금세 눈치챌 수 있었다. 이미 아까부터 코끝에 냄새가 붙어서 떨어지지 않았기 때문이었다.

엄마는 아줌마의 말에 비닐봉지를 쳐다보며 고개를 끄덕였다. 그러자 아줌마가 물었다.

"그런데 아영이네는 왜……?"

뒷말을 흐리며 아줌마는 옆에서 고양이 케이지를 들고 서 있는 아빠를 힐끔 쳐다보았다.

"우리 애 생일도 엊그제였어요. 그리고 우리 애가 키우던 고양이를 이제야 찾았거든요. 보여 주려고요."

엄마는 담담하게 대답했다. 그 말에 아줌마는 고개를 끄덕였다.

"아아!"

하지만 아인은 아줌마가 엄마의 말을 이해했을 거라 생각하지 않았다. 아줌마는 곧 아인의 얼굴도 쳐다보았다. 아인은 잠깐 눈을 마주친 다음 고개를 돌렸다.

"그럼, 어서 일 봐요. 난 볼일이 좀 더 남았어요."

"그래요, 그럼."

"참! 이번 주말에 광장에서 유족들 모여서 대책 회의 하기로 했어요. 거기서 봐요."

"네, 살펴 가요."

아줌마는 필요 이상으로 고개를 끄덕이고는 저편으로 걸어갔다.

엄마는 잠깐 섰다가 가던 길을 재촉했다.

조금 더 걷자, 저 앞 편에 빨간 등대의 모습이 온전히 드러났다. 등대에는 아주 커다란 노란 리본이 그려져 있었다. 엄마는, 그리고 그 옆에 바짝 붙어 선 아빠는 약속이라도 한 듯 그쪽을 향해 걸어갔다. 아인도 바로 뒤를 따랐다. 포구 옆에는 철망에 걸려 있는 수없이 많은 노란 리본이 바닷바람에 흩날리고 있었다.

엄마는 잠시 걸음을 멈추었다. 등대 앞에 누군가가 바다를 향해 주저앉아 있었다. 어깨를 들썩이는 것으로 보아 울고 있는 듯했다. 엄마는 그 때문에 멈춰 선 모양이었다.

엄마는 한참을 더 그 자리에 서 있다가 다시 걸었다. 아빠도 따라갔다. 난간을 따라 이어지는 노란 리본의 물결, 노란 깃발과 현수막들, 그리고 리본이 묶인 난간 아래 그려진 작은 그림들……. 아인은 보지 않으려고 고개를 약간 위로 쳐들고 걸었다. 그러자 시야에는 파란 하늘과 빨간 등대의 꼭대기만 눈에 들어왔다.

그리고 그 등대가 조금 더 가까워졌을 때, 아빠가 걸음을 멈추는 듯하더니 비틀거렸다. 엄마는 아무 말 없이 아빠 옆에 서서 팔을 붙잡아 주었다.

곧 아빠는 길 한쪽으로 비켜서서 난간을 붙잡고 섰다. 숨 쉬기 불편한 듯 아빠는 깊은숨을 여러 번 몰아쉬었다. 엄마가 아빠의 등을 계속 두드렸다.

"그러길래 왜 오자고 했어요."

엄마가 나무라듯 말했다. 하지만 아빠는 대꾸하지 않았다. 다만 고개를 들지 않고 어깨를 들썩거렸다. 아인은 아빠가 무얼 하고 있는지 알 것 같았다.

얼마쯤 시간이 지났을까?

"나 때문이야."

아빠가 말했다. 목소리가 심하게 떨렸다. 그 말은 아빠가 온전한 정신이었을 때도 수없이 했던 말이었다. 아무리 엄마가 아니라고 해도 소용없었다.

"나 때문이야."

"그게 왜 당신 탓이야. 당신은 아무 잘못 없어."

아빠는 대꾸 대신 어깨를 들썩였다.

그때, 엘리자베스가 울었다. 아까처럼 소리가 컸다. 엄마가 재빨리 케이지의 문을 열고 엘리자베스를 꺼냈다.

"아영아, 엘리자베스 데려왔어. 아빠가 찾았어."

엄마가 바다 쪽을 향해 말하며 엘리자베스를 아빠에게 건네주었다. 아빠가 엘리자베스를 받아 들더니 등을 돌리고 무얼 하는지 꼼지락거렸다.

잠시 후 아빠가 등을 돌렸을 때, 엘리자베스의 머리에는 빨간 머리핀이 꽂혀 있었다. 아인이 탐정사무소의 책상 서랍에서 보았던 그 핀이었다. 그걸 보자 아인은 가슴이 주체할 수 없이 뛰었다. 그때, 엘리자베스가 크게 울었다.

"냐아아아아옹!"

그러자 아빠가 엘리자베스를 더 힘있게 끌어안았다.

"나 때문이야."

"그때는 우리도 먹고살아야 했잖아."

아빠의 같은 말에 엄마는 방금 전과는 다른 말로 대꾸했다.

"……몇 시간이면 될 줄 알았어. 그런데 생각보다 시간이 좀 더 걸렸고. 근데 아영이가 그걸 못 참고 밖으로 나오려 했던 거야. 그 쪼그만 녀석이 밖으로 나오겠다고 의자를 겹겹이 올려 쌓아서 창문으로 뛰어내릴 거라고는 정말 상상도 못 했어. 으스러진 발목뼈도 치료하고 나면 원래대로 돌아올 줄 알았지. 하지만…… 그래도 얼핏 보면 멀쩡해 보이지 않아? 누가 아영이를 보고 다리를 저는 아이로 생각하겠어. 안 그래?"

그렇지 않았다. 적어도 언니에게는. 찬찬히 걸을 때는 거의 티가 나지 않았지만, 조금만 빨리 걸어도 금세 티가 났고, 뛰지도 못했다. 그건 엄마가 점쟁이라는 사실과 함께 언니가 학교에서 따돌림을 받는 결정적인 원인이 되었다.

언니는 일진들에게 매일 맞고 돌아왔다. 점쟁이 엄마에게 말해서 시험지 답안을 알아 오라는 요구를 당한 것도 그즈음이었다. 그러다가 언니는 일진이 되었다. 아니, 정확히 말하면 일진의 똘마니였다. 자기 말로는 살기 위한 선택이라고 했다. 그때부터는 언니가 아이들의 돈을 빼앗고 때렸다.

그 모든 일이 아주 빠르게 떠올랐다. 아인은 아빠의 그 '미안함'이 아주 뿌리 깊다는 걸 어렴풋이 짐작할 수 있었다. 아까는 잘못 보낸 메시지 때문이었고, 이번에는 그보다 더 오래전 언니가 창문을 넘다가 떨어져 다리를 절게 된 일 때문이라는 것을 아인은 깨달았다.

그때였다.

"냐아아아옹!"

엘리자베스가 운다 싶더니, 아빠의 품에서 뛰어나갔다.

"엘리자베스!"

엄마가 외치며 일어났지만, 엘리자베스는 빨간 등대 쪽으로 내달았다.

"아영이한테 가는 거겠지."

아빠가 이렇게 말하며 천천히 일어났다. 그리고 빨간 등대 쪽으로 걸어갔다. 그런데 등대 앞에 채 다다르기 전에, 등대 뒤쪽에서 누군가 엘리자베스를 안고 나왔다. 머리가 허옇게 센 할아버지였다.

“엘리자베스!”

이번에는 아인이 자신도 모르게 소리를 쳤다. 그러자 할아버지가 다가왔다.

“고양이 주인이시유?”

“네, 우리 애가 키우던 거라, 보고 싶어 할 것 같아서…….”

엄마가 말하다가 뒷말을 더듬었다. 무어라고 더 말하려는데 할아버지가 먼저 말했다.

“고양이가 새끼를 가졌구먼!”

할아버지는 고양이를 엄마에게 건네주었다.

“네?”

아인은 반사적으로 되물었다. 할아버지가 부드럽게 웃으면서 덧붙였다.

“잘 키워요. 귀한 고양이니까.”

그렇게 말하고, 할아버지는 뒷짐을 진 채 저편으로 걸어갔다.

“새끼를 가졌…….”

"어쩜, 세상에! 어떻게 그걸 몰랐지?"

아빠가 중얼거렸고, 엄마가 놀란 듯 아인과 아빠를 번갈아 보면서 말했다. 아인은 그제야 엘리자베스가 게걸스럽게 먹던 일, 열차 안에서 구역질을 하던 일이 생각났다.

"아영이가 보내준 거야. 우리에게 선물을 보낸 거라고!"

엄마가 말했다. 그러자 그게 무슨 말인지 알아들은 듯 아빠가 엘리자베스를 엄마에게서 받아 안았다. 그러고는 엄마가 했던 말을 반복했다.

"아영이가 선물을 보냈어."

그러고는 엘리자베스를 힘껏 끌어안았다. 그걸 보고 엄마가 말했다.

"당신도 그렇게 생각해? 그럼 됐어. 이제 그만 돌아가자. 그리고……."

엄마가 아빠를 향해 말을 더 하려다가 멈추었다. 그리고 아빠를 쳐다보았다. 무슨 말인가를 할 줄 알았던 아빠는 아무 말도 하지 않았다. 그러자 엄마가 다시 입을 열었다.

"……우리에겐 아인이도 있잖아."

그 말에 아인은 가슴이 울컥했다. 아인은 재빨리 숨을 여러 차례 몰아쉬었다. 혹시라도 울음이 나올 것 같아서였다. 어금니도 꽉 물었다.

그러자 아빠가 아인을 돌아보았다.

아빠는 아인을 한참이나 쳐다보았다. 아인은 아빠를 마주 보아야 할지, 시선을 돌려야 할지 알 수 없었다.

잠시 후, 아빠가 말했다.

"아파?"

그러면서 아빠는 아인의 이마에 손을 갖다 댔다. 순간, 참았던 눈물이 흘렀다. 그것을 보더니 아빠는 한마디 더 했다.

"많이 아프구나."

아빠의 말을 들으며 아인은 먼저 걸음을 옮겼다. 돌아보지는 않았다. 엄마와 아빠가 따라오는 걸 알고 있었으므로, 무엇보다 엘리자베스가 앞질러 걸어가고 있었으므로. 그래서 아인은 더 부지런히 걸었다. 바다 쪽에서 바람이 방금 전보다 조금 더 강하게 불어왔다.

바람 부는 쪽을 돌아보는 순간, 언니의 얼굴이 바다 위에 선명하게 그려졌다.

'그동안 너도 힘들었겠다. 이제 좀 쉬어. 남은 일은 우리가 할게.'

바람이 잠깐 멈칫하는 듯하더니 아인의 주위를 휘돌고 지나갔다. 그리고 그때 누군가 다가와 아인의 어깨를 따뜻하게 감싸 안았다. 아빠였다. 거뭇한 수염이 거칠게 난 아빠가 아인과 함께 하늘을 바라보며 미소를 짓고 있었다.

아인은 어깨 위에 올려진 아빠의 손을 잡았다. 그러자 기다렸다는 듯 아빠가 아인의 손을 더 꽉 마주 잡았다. 놓치지 않겠다는 듯. 그즈음, 엄마가 뒤로 다가와 손을 보탰다. 다시 한번 바다에서 불어온 바람이 엉킨 손들 위를 훑고 지나갔다.

- 글쓴이의 말

기억하라는 당부

작가는 오래도록 가슴에 담아 두었던 어떤 일을 자기만의 방식으로 기록하고, 기억하려 합니다. 특히 기억하려는 어떠한 일이 수많은 사람들에게 상처를 남긴 일이라면, 그것은 작가에게 소명이 됩니다.

물론 이 보잘것없는 몸부림이 그 상처를 온전히 치유할 수 있으리라 생각하지는 않습니다.

다만 시간은 단단했던 기억을 부지런히 녹이려 할 테니, 차마 그것이 채 한 방울도 남지 않기 전에 기록하여 기억하겠다고 약속하고 싶습니다. 그것은 공적인 소명의식 이전에 나 자신에게 하는 당부이기도 합니다.

길고양이 한 마리가 있습니다. 한때는 엘리자베스라고 불렸던 이 검은 고양이는, 어찌 된 일인지 한쪽 눈이 실그러져 있고, 다리도 살짝 절었습니다. 처음부터 길고양이는 아니었습니다. 누군가의 사랑을 듬뿍 받았던 엘리자베스는 어느 날 집을 나갔고, 오랜 시간이 지난 뒤에도 돌아오지 않고 있습니다.

동네 탐정사무소 소장 주민후 씨와 아르바이트생 아인은 이 녀석을 찾기 위해 온 마을을 돌아다닙니다. 주민후 씨는 고양이 전문 탐정입니다. 하지만 엘리자베스만큼은 쉽게 찾을 수가 없습니다. 동네 꼬마들에게 현상금(?)까지 걸어 놓았는데도, 어찌나 신출귀몰한지 좀처럼 눈에 띄지 않습니다. 녀석을 붙잡기 위해 주민후 씨는 탐정사무소에서 먹고 자며 제보가 들어오면

밤낮을 가리지 않고 출동하는데도 소용이 없습니다.

온전하지 않은 한 마리의 고양이를 이토록 애타게 찾고 있는 건 결핍 때문입니다. 어느 날 집을 나가 돌아오지 않고 있는 고양이는 잃어버린 기억의 퍼즐 한 조각 같은 것이기도 하고요.

이제 고양이를 찾으러 나갈 시간입니다.

가파른 언덕길은 물론, 허물어진 담장 위, 빛바랜 빨간 담장 위로.

*

이제 더 이상 광장에서도 별을 바라볼 수 없게 되었습니다.

하지만 별은 어디서든 빛나야 하고, 가끔은 흐린 하늘이 가리겠지만, 구름이 걷히고 나면 다시 반짝여야 합니다. 그래서 이 보잘것없는 이야기도 아주 조금은 필요할 것이라는 믿음을 가져 봅니다.

2019년 4월 16일

광화문에서 한정영

엘리자베스를 부탁해

초판 1쇄 발행 2019년 4월 16일
초판 2쇄 발행 2020년 4월 20일

지은이 한정영
펴낸이 김혜선 펴낸곳 서유재 등록 제2015-000217호
주소 (우)04034 서울 마포구 잔다리로7길 18(서교동 377-20) 501호
전화 070-5135-1866 팩스 0505-116-1866 대표메일 outdoorlamp@hanmail.net
종이 엔페이퍼 인쇄 성광인쇄

ISBN 979-11-89034-11-5 43810

이 도서의 국립중앙도서관 출판예정도서목록(CIP)은 서지정보유통지원시스템 홈페이지(http://seoji.nl.go.kr)와 국가자료공동목록시스템(http://www.nl.go.kr/kolisnet)에서 이용하실 수 있습니다.
(CIP제어번호: CIP2019009227)